神学人论导论

INTRODUZIONE
ALLA ANTROPOLOGIA
TEOLOGICA

[西班牙] 路易斯·拉达利雅·菲雷尔 ◎ 著

肖恩慧 ◎ 译

宗教文化出版社

图书在版编目（CIP）数据

神学人论导论 /(西) 路易斯·拉达利雅·菲雷尔著 ; 肖恩慧译 .
-- 北京 : 宗教文化出版社 , 2023.1

ISBN 978-7-5188-1393-3

Ⅰ . ①神… Ⅱ . ①路… ②肖… Ⅲ . ①基督教—神学
—研究 Ⅳ . ① B972

中国国家版本馆 CIP 数据核字 (2023) 第 007126 号

神学人论导论

[西班牙] 路易斯·拉达利雅·菲雷尔 著

肖恩慧 译

出版发行：宗教文化出版社

地　　址：北京市西城区后海北沿 44 号（100009）

电　　话：64095215（发行部）　　64095345（编辑部）

责任编辑：马嫣含

版式设计：贺　兵

印　　刷：鑫艺佳利（天津）印刷有限公司

版权专有　侵权必究

版本记录：787 毫米 ×1092 毫米　32 开　6.5 印张　150 千字
　　　　　　2023 年 2 月第 1 版　2023 年 2 月第 1 次印刷

书　　号：ISBN 978-7-5188-1393-3

定　　价：45.00 元

前　言

这本导论并不在意"文学类型"分类。它的原则是，既不应该成为该专题的简略索要，也不应该满足于仅仅指出这些问题中的哪些方面可以在更加广阔的范围内进行研究，却不给出规范，或者缺少作者的观点。我在两个极端中求取平衡，在为"神学人论"的基本内容给出线索的同时，对于一些重要题目的不同意见提供广阔的相关信息。

参考书目录，在这样一本书中毫无疑问应该占据突出位置，但是太详尽的收集会扩大作品的篇幅，我选择了遴选近期的研究成果，因为比较久远的资料在许多作品当中都会提到，有一些我会附在脚注中。

另外我也按照一般规则，省略了对于圣经注释、词条和辞典的提及，因为读者在神学学习中都应该接触过，不会很困难找到它们。对于其他语言出版的原文作品，我都尽力找到意大利文翻译版引用。

更加广博的资料目录，读者可以在我1983年出版的《神学人论》中找到，其中包括了大多数的参考资料。现在的这部《神学人论导论》，与先前那一部《神学人论》讨论的是同一个领域的题目，但并不是前者的修订，而是更加关注本领域问题中待发展的题目和目前的疑难及其前景，同时给出规范，二者有一些不同的侧重点。本书得以出版要特别感谢在这个题目上不断推出新作品的神学作者们，以及额我略大学的学生们。

1992年罗马

Luis F. Ladaria S.J.

导　读

弥凯丽娜·特纳琪（Michelina Tenace）

　　一本在天主教神学科学领域具有特殊权威的书被翻译成为中文，不论是其作者还是书的内容本身，显然都需要一个介绍。

　　本书的作者路易思·拉达利雅（Luis Ladaria），是耶稣会士，他曾经是最负盛名的宗座大学之一额我略大学（也有翻译为格里高利大学 Gregorian University）的教授。在他多年的教学工作中，培养了几代教授、司铎、主教和天主教会重要机构的成员。他的个人著作包含三十多部书和 120 余篇文章。2017 年，他成为信理部部长，一年后，他被教宗方济各任命为枢机主教。关于作者，我们还必须注意到他所接受的基督信仰早期几个世纪中教父文学流派方面的特殊训练。作者从这些教父那里继承了对天主三位一体的热爱和讲述三位一体的合适的话语，他尤其关注圣神的工程，并且深化了对保持天主所说和人类所领悟的二者之平衡的神学人论探索。

　　至于本书的内容，这是一个囊括了七个篇章的恢宏而精要的指导，告诉我们基督信仰对于人类的看法，也就是被称为"神学人论"的探讨人类之所是的基督宗教神学。

基督宗教信仰在宗教史上以希腊文 evangelio（好消息）"福音"为名称而出现，是对于人类的好消息。事实上，这个宗教的特征不是如何谈论神是谁，而是如何谈论神与人之间的关系。信仰是一种在世界上的生活方式，效法人类对理想中的天堂生活所设想的样子。

拉达利雅枢机主教的这本书，以一种易于理解信仰的谋篇布局构成，一方面是基督徒信仰什么，另一方面是神学，即历代以来用于解释信仰的人类历史进程中的语言。所以本书的独创性在于，每一章中，它总是提供一部分揭示作为奥秘的"教义"的内容，另一部分则是"历史线索"，指出本主题研究在历史探索中的神学陈述。

第一章向我们讲述了现在被称为"神学人论"这个学科的演变历史。"概念澄清"，因为这个概念在历史上并不总是具有相同的关注核心。从历史中我们了解到，人们不断地寻求使信仰语言适应具体时代和具体地方的本地时代文化。有一些过程具有决定性的意义，例如当神学从受信经 simbolo 影响的思维模式转变为系统阐述 summa 的思维模式，这两个词汇指出教父人论（第一个千年）和经院人论（第二个千年）在方法上的差异。尽管希望阐述的是同一的信仰，然而人们的叙述方式却会有所不同。

第二章提供了对于一些关键问题的提纲。说到"人"，基督宗教信仰是以基督为出发点，因为天主被他宣认为圣父，而他自己是来到世界上的圣子；他启示给我们一位对自己的创造工程充满慈悲和忠信的圣父，并且派遣圣神来到人间。"救恩"就是天主三位一体为了人类的福祉而在历史进程中开展的工程。

第三章是本书的主干："人是天主的肖像"这个表达，包含了基督宗教信仰的所有奥秘和一切美丽。结束时的真实属于开始时的真实：拯救的天主就是创造的天主。"是天主的肖像"，这意味着在天主内扎根着我们的起源，也是在天主内扎根着于众受造物中我们特有的尊严。

第四章关于超性的问题，揭示了一种可能的方式去解释人作为与天主"具有亲属关系"（imparentato，含义包含：相关、亲戚、朋友。译者注）的这个圣召。这是一个神学界的历史问题，神学家中既有支持者也有反对者。本章帮助我们理解关于人的使命的深刻问题，这至今仍然是一个难以用概念去领悟的奥秘。

第五章介绍了在过去的时代该领域中通常作为第一个论题的内容，曾经每当我们谈论天人关系的时候，似乎人只有作为罪人才需要天主。这里，作者在描述了人是依照天主的肖像受造之后，在阐释了天主三位一体在历史中对于受造物的忠信之后，在针对太抽象的解决方案提出有必要的谨慎态度之后，从另一个视角来考察罪的主题。关于罪的这一章，实际上更多是谈论罪人而不是罪：每个人都生活在一个邪恶先于他的世界中；生命以脆弱和死亡为标志；天主无偿提供的友谊被拒绝。恶，对于每个人自己和他人，都源于恩宠媒介的失败，每个人都应该为此负责，而不仅仅是以亚当和夏娃作为代表的最初的先人。罪，意味着不是按照天主的肖像生活，不是作为被召唤在世界上实现天国的受造者而生活。

第六章讨论恩宠的主题，阐述关于救恩的神学：恩宠是我们作为天主圣父的子女生活在世界上所必不可少的，也是我们作为圣子耶稣基督的肖像而被始终赋予的，也是要成为分享天主圣神圣德的圣人所一直拥有的。

第七章作为最后一章为读者提供了关于终极问题的神学阐述，也即基督宗教末世论。这个简要的说明是必要的，因为我们对结局的信念决定了我们现在的选择和我们对未来的责任。

在关于末日的思考中并没有任何恐怖的因素。事实上，本书的谋篇布局被组织成为一个渐进的旅程，逐步展开对于天人慈爱关系的认知。

学习这本书如同步入一个旅程，你会发现一切总是充满喜乐：基督复活的喜乐作为信仰的开端；日常圣事实践体验到宽恕的喜乐；满怀希望的信者即使在生活历程中的困难时刻，也期待与众圣人相遇的喜乐。

正如作者在第一页所说，这本书"教导我们在天主的启示者耶稣基督的光照下认识我们自己是谁"："人因着天主的恩宠被召叫，因着天主的恩惠被邀请去成为神子，在天主圣神内分享这原本独属于耶稣的父子关系"。

2021年12月7日　罗马

弥凯丽娜·特纳琪（Michelina Tenace），意大利人，毕业于罗马上智大学，获得当代外国文学专业硕士学位，后获得额我略大学哲学和神学博士学位。圣座信理部顾问委员会成员，额我略大学教授，曾任该大学神学系宗教科学研究所教授、基础神学部主任，主讲神学人论、东方基督徒（东正教或者拜占庭神学或者东欧基督徒。译者注）神学思想、灵修学。出版多语种书十余本，包含《拜占庭基督信仰》《论人——从肖像到肖似——作为神化的救恩》《成为基督徒：前三个世纪的教义与基督徒生活》《东方隐修士》《拜占庭神学 历史—神学—隐修传统》《在圣神内升华的人——东方献身生活者的启示》《睿智守护者——长上的服务》《额我略帕拉玛：圣光中的奥秘之人》《无畏的信仰》《从钉子到钥匙——教宗方济各的基本神学》，文章七十余篇。

目　录

第一章 概 述

"神学人论"——概念澄清

从很多不同的角度我们都可以讨论关于人的问题，比如：哲学、心理学、医学、社会学等等。"人论"（或者"人类学"，原文一样。从神学角度谈人，沿承教会传统更好翻译为神学人论。译者注），在许多情况下已经变成一个模糊的概念。不过很明显的是，这个概念把我们的研究目标指向人，"人"是研究的对象。不过仅仅如此是不够的，我们需要更加明确，从哪个角度出发我们来研究人的问题。形容词"神学的"这个词指出我们的研究角度：我们是从人与天主的关系角度来谈论人的问题，这位天主是耶稣基督启示出来的三位一体的天主。同时我们还需要概括指出为了达到目标而需要的研究方法：关于基督信仰启示的研究。我们尝试进入"神学人论"，也就是进入这个学科，或者更加明确地说是教义神学的这个部分，在天主的启示者耶稣基督的光照下，告诉我们"人"是谁。

耶稣基督，是天主圣父的启示者。在基督宗教的神学中，当我们谈到"启示"的时候，是指天主自己主动让我们知道。在这个丛书的其他作品中，会更加直接地面对"启示"这个问题，我们把这一部分当作已知的知识而掠过，继续我们的主题展开研究。我们需要回答另一个问题：如果是天主在祂的独生子耶稣基督内启示自己，那么我们讨论基督宗教的启示中关于人的问题，这有什么特殊意义吗？很明显，人是启示的对象，是接受启示者。人怎么可能成为研究的客体呢？梵蒂冈第二次大公会议文献中，有一个非常重要的章节，我们在整个研究中会经常谈到，它就是《牧职宪章——欢欣与希望　关于教会在当代世界的使命》第22条："耶稣基督，在启示天主圣父和祂的圣爱奥秘的同时，也完满地向人揭示了人是谁，以及人的崇高圣召"。人，是启示的对象，也就是启示的目标。作为天主圣父爱的对象，人终于明白他自己就是最终需要认识的目标。被启示出来的真理，就是救恩的真理。正是这个真理，告诉我们人是谁，让我们知道为了什么，人被召叫。如果不希望把我们的终极命运当作我们自身之外的问题，与我们的内在实现没有关系的话，那么我们需要一个基本的预设，即：我们的存在和我们的命运是统一的。人作为救恩启示的对象，那么也就是救恩的目标。由此出发，"神学人论"这个学科就是有意义的。也是因此，可以解释基督宗教自信可以为人类提供一个最原生的关于人的观点，这是在信仰中去认识的，因此必然是神学研究的课题。这种观点源于对天主和为了我们而化身为人的天主的独生子耶稣基督的信仰。

　　这个基督信仰中的启示，告诉我们耶稣基督是化身为人的天

主圣子，我们在信仰中与祂相遇，前提是我们可以知道和体验到
人作为一个自由的和负责任的自我主体意味着什么。否则，我们
对于耶稣基督，以及祂的道成肉身的奥秘，就不可能有任何接
触。出于这个原因，基督信仰中的启示并没有任何自诩，以为自
己是认识人的问题的唯一泉源。相反，基督信仰中关于人的问题
的思考，需要从哲学和其他各类关于人的学科中汲取资料和灵感，
这丝毫不会减弱这门研究的神学特征。但是所有这些内容，都需
要在新的和更加深刻的层面来研究，也就是人与天主的关系中。
这才是人类生命最终的和最深的领域，唯有在这里才能够以确切
的尺度告诉我们——我们是谁：我们是天主圣爱特宠的目标，是
天主在宇宙中唯一为了祂自己而预备的造物（《牧职宪章》24），人
在生命深处被召叫与自己的主宰三位一体的天主进入生命的共融。

与天主的这种关系，总是以耶稣基督为媒介来实现。这个启
示是以命令式的条款明确地给予我们，而不是含糊不清的概括描
述方式。而且，为了从基督信仰的角度对人的问题有一个全面而
整体的观点，有必要对与天主相关的一些基本问题按照条理厘
清。我们从三个基本维度来考虑：

　　1. 神学人论最特殊和内在的反省领域是：天主愿意
　　通过祂的独生子耶稣基督与全人类建立爱和父子关系。
　　回顾梵蒂冈第二次大公会议《牧职宪章》第22条，从
　　此书的一开始我们就提到了它，耶稣基督通过启示圣父
　　和祂的圣爱奥秘，而向人类展示出人的真实面貌。人"因
　　着恩宠"，因着天主的善意，被召叫成为天主的儿女，

在天主圣神内分享耶稣基督与圣父独有的父子关系。这是全人类和每一个人决定性的和终极圣召，即"神圣使命"（《牧职宪章》22，5）。我们在天主的爱子内被天主所爱，我们被召叫在时间结束时，完满地分享天主的生命。

2. 不过，这个召叫，这个"恩宠"的前提是：我们是作为自由造物而存在的生命。我们在自身内没有自我存在的最后理由，我们之所以存在，是因为我们被赐予这个恩宠，天主因祂的善意，自愿给予我们存在。确实，天主创造我们，是为了我们可以被召叫与祂在恩宠内共融，但是，这并不意味着我们作为受造生命没有自己和谐连续的一致性，仅仅总是完全参考天主，从天主那里接受一切。相反，这种一致性对于实现这一针对我们自己的召叫是非常必要的。另一方面，关于人的受造现实，我们并不是在耶稣基督这里第一次知道，早在旧约中就足够清晰了，而且其他宗教比如伊斯兰教也同样认为，甚至在哲学思考中也是如此。那么为什么人的受造性，应该在基督信仰神学思想中来研究呢？这难道不是已知的事实吗？可是我们不能满足于此，因为神学的领域需要研究天主的创造，因此必然涉及人的受造性在耶稣基督影响下的新现状，而这是自从人类一开始就有的。不存在另一种不是自从创造之时就被创造为天主的肖像和模样的人类。一切都是通过耶稣基督受造的，一切都朝向祂而前进。人的受造现实，是人生命决定性的和全部的基础，既然人的未来是与天主共融，那么必然需要对人的存在本质做出神学思考。

3. 人被天主所创造，被召叫与祂共融，但是一直处于罪的标记下，尽管根据情况在程度上各不相同，对天主、自己和他人都缺乏忠诚。天主因祂的爱而创造了我们，祂也希望我们成为祂的儿女，但是人却没有给予合适的回答和接纳，而是自起初就冷漠，甚至拒绝。神学人论需要了解作为罪人的人，尤其是需要注意，神学传统上称为"原罪"的问题。

把人放在与天主的关系中来看时，不论是从这三个维度中的哪一个出发，都必须联系在天人关系，以及人与人的关系中。人鉴于其本来的受造属性，被召叫生活在社会团体中。即使从人类趋同性方面来看，原罪的负面影响也是一个有力的说明。最后，天主的恩宠和帮助首先是生活和经验在教会内。

此外还需要提醒，这三个维度对于我们与天主关系的影响并不能排列在同等水平上。如果简单地陈列它们，而不给出任何说明，那是不合适的。前面两个维度是积极的，涉及人的建构，以及天主对人的计划。而第三个维度是在历史中附加的，属于消极层面，是本来不应该存在的，它对人具有摧毁性，但这却是一个现实情况，它本质性地属于我们人类生存的状况，因此不能对其置之不理。如果我们不把这一个维度考虑在内，我们对人与天主的关系就无法获得全面的视野。甚至，如果缺少了这一个维度，我们将人视为被天主"赦免"的、天主爱的对象这种考虑就将是不充分的，因为根据新约，在耶稣基督身上彰显出来的天主之爱的一个基本方面正是仁慈的宽恕、对罪人的接纳，以及"成义"。

不必强调我们与天主关系的这三个维度，或者三个基本点，它们并不是分别属于三类人，而是出现在同一个人身上。更加有益的强调应该是，我们不是面对三个不同的前后阶段，可以按照日历前后排序，在个人生命进程和救恩史中，简单地一个超越另一个。至少很明显的是，我们的受造背景是永恒的，如果拒绝作受造者，意味着回归虚无。更加复杂的是恩宠与罪的关系问题。在这里我们需要从一开始就指出一个确定的转变点，不论是在"救恩史"中，还是在每个人的生活中。耶稣基督因祂的死亡和复活，战胜了罪恶和死亡，我们通过洗礼进入祂内，这是每一位基督徒个人生命中的决定性事件。不过，我们不能说直到耶稣基督来到世界上，先前曾经没有过恩宠；也不能说，天主普遍救赎的意愿，没有触及那些生活在耶稣基督降生前时代的人们；同样也不能说，罪和罪的后果在耶稣基督的逾越后都全部被解除了；或者说在领受洗礼后全部被消除了。日常生活经验告诉我们情况相反：罪的历史仍然持续地存在于世界上，存在于"成义"的人身上，在天主的朋友的生活中也有罪的迹象，至少对罪的后果，以及对普遍终极命运的质疑方面（这并不是说忽视这种希望）。这三个维度决定人与天主的关系，它们是互相关联的，尽管在每个人的生命中，在历史的各个时刻，其方式是不同的。

从人与天主的关系角度来研究人，如前面我们所陈述的，构成神学人论的基本题目。我们谈到这是人的受造条件，但不只是人，而是人生活其中的整个世界都是天主所创造的。在天主创造的这个世界中，生活着人类。对于创造的普遍反思，即使严格说来也可以在其他情况下完成，但是其与神学人论的关系却是最为内在和紧密的，这种密切关系在《创世记》的前几章中已经表现出来。这种恰当性正如经常在教科书和教学活动中所做的那样，我们的学科对此问题的研究也是如此。传统中正是这样做的，我们将在后面的章节中对此给予分析。

基督徒生活的本质是信仰、希望和爱，此三超德也是神学人论的一部分。在这本书里面我们没有很大篇幅关注这个方面，但是我们在历史发展部分纳入了相关讲解。

最后，是末世论与神学人论的关系。这是人类在天主恩宠中能够达到的完满状态。关于这些内容我们也是比较简短地带过，但是将末世论与神学人论联系的同时，我们也需要强调它与基督论和教会论的联系。

历史线索概要

教父时代和中世纪

在这一部分，我们并不是展示基督信仰中关于人的学说的发展史。关于这个问题小篇幅显然是不够的。这里只是阐明相关教导的一些基本方面，在不同的历史时期及其不同方式，它如何成为教义学体系内的一个神学学科。展示一个学科的方式很大程度上取决于这个学科的内容本身，很明显二者是不能截然分开的。因此，在讲述这个神学学科发展史的同时，我们也会注重涉及一些该学科内容的本质问题。

比如，在教会内自从古代起，我们就看到"论三位一体"的题目，但是我们不能完全将其照搬到今天我们称为"神学人论"的学科中。自从教会初期，基督宗教的神学就努力地系统讲解圣经《创世记》前面几章，比如奥利金的《论起初》（*De Principiis*），尼撒的额我略的《论人的创造》（*De Hominis Opificio*）。在圣奥古斯丁的著作中，除了直接关于创造的题目，比如《论创世记的文学形式》，还有一些涉及我们正在研究的具体题目，比如《论本性与恩宠》（*De natura et gratia*）、《论基督恩宠与原罪》（*De gratia Christi et de peccato originali*）等等。很明显，不论这些著作的题目在多大程度上与我们现在讨论的题目相对应，但是彼此之间的内容差异却是很大的。在基督信仰的教导中，关于人在不同层面上与天主的关系，毫无疑问，是教会历史初期几个世纪最重要的信理发展中的一部分。不过，如果试图在这些作品中，按照今天神学讨论中的材料寻找对应题目，将是幼稚的。在关于圣经不同书卷的注释中，在与异端争论的作品中，逐渐地塑造起来教会的人论学说体系，丝毫不会因为今天讨论的这些题目没有明确地出现在过去的那些作品中，就会减少它们的重要性。

从《信经》到《神学大全》，都尝试用最简洁的语句提炼神学的发展，尤其是在教父时代末期和经院时代初期，他们所使用的方法论非常值得关注。[①] 在开始感觉到基督信仰的信理需要系统化的时候，一直到这些教导产生的成果，我们发现其中有许多讨论是特别关于今天被归组到"神学人论"的题目中的。这并不是说互相之间都是同一方式，它们有时甚至可能是对立的，这方面我们在后面的介绍中会详细深入。不过，我们也将有机会证明，伟大的中世纪思想家如何建设了这些架构，并且在时间延续中产生了巨大的影响，其中很大一部分在今天仍然继续发生作用，尽管有一些变化。

神学人论，至少在其基本概念上，在中世纪的系统思考中，是联系在世界的创造这个问题内讨论的。圣维托吴勾（Ugo di San Vittore）的《基督信仰圣事论》（*De sacramentis christiane fidei*），它的结构具有明显的神学人论倾向。该作品的第一部分，"创造工程"（opera conditionis），讨论人类被创造，以及人类如何被创造、人类为什么堕落；第二部分，"修葺工程"（opera restaurationis），回答人类以什么方式获得了救赎，中心是基督救恩。该著作中，分布在这部分里面关于人论的题目比较难以系统地提炼。吴勾影响了伯多禄隆巴（Pietro Lombardo），他的作品

---

① 格里迈尔（A. Grillmeier）："从信经到神学大全——谈神学史上教父思想与经院派的关系"，见《与祂一起和在祂内 基督论背景中的探索和展望》，弗莱堡，1975年，第585—636页。[A. Grilimeier, "Vom Symbol zur Summa. Zum theologiegeschichtlichen Verhältnis von Patristik und Scholastik," in *Mit Ihm und in Ihm. Christologiche Forschungen und Perspektiven, Herder*, Freiburg, 1975, pp.585–636.]

集《论集》（*Sentenze*）成为中世纪系统神学的决定因素。我们要找的题目主要在其第二卷中，那里讨论"创造"，位于第一部分讨论"天主"之后。开头是关于天使的创造，然后是根据《创世记》六天创造的发展，来到人的受造、伊甸园的状况、考试和原始父母们的罪。借此进入关于"恩宠"和"自由意志"的讨论，然后进入"原罪"题目。如此，神学人论实质性地结合在关于世界起始的题目当中。不过，这些题目其实在第一部分中已经涉及，遵循了圣奥古斯丁的线路，沿承三位一体在灵魂中的表现。在该著作的第三卷中，联系基督论，讨论"美德"和"圣神恩赐"。著作在最后一部分第四卷，讨论复活。

更加复杂的是在圣托马斯的《神学大全》中，相关题目的分布状况。人论的基本概念出现在第一部分，讨论人是天主的造物。在这部分先讨论了精神生命、天使的受造，紧跟着讨论肉体生命的受造，也是按照圣经《创世记》六天的顺序。人作为同时拥有精神生命和肉体生命的存在，成为天主所有创造工程的总结。托马斯在他的人论发展线索中，先谈到灵魂，开始于第 75 条问题，涉及：灵魂与肉体的合一特征、灵魂的潜能、灵魂的职能、灵魂在人受造前的情况。然后从第 91 条问题开始，讨论人的肉体、男人和女人的受造，以第 93 条为结束，讨论人受造的目的、人作为天主的肖像和相似者的具体状况。他在对这些问题的讨论中，很多方面都是哲学思考远大于神学思考。

在讨论了人的受造之后，涉及人的构造，《神学大全》第一部分继续研究人受造初始的状态和条件，也就是"原始状态"（第

94-102 条问题）。关于创造的问题，结尾部分是天主对世界的管理，以及造物的行为，先是天使（和魔鬼），然后是人（第 103-119 条），在对于人的问题上，特别关注的是灵魂的交流（不是直接由天主创造的理性灵魂，而是感性的，第 118 条）和肉体（第 119 条）。

在第一系列部分的序言中指出，讨论了关于天主及天主根据祂自己的自由意志行为之后，现在谈到人——天主的肖像作为研究对象，特别是人类行为的原则问题，因为人拥有自由意志。这需要从研究人的目标开始，那是唯有在神圣本质的视野中才能达到的完美幸福（第 4 和 8 条）。先讨论达到这个目标的工具，然后是人的行为，他们的善良和邪恶。这些行为原则被圣托马斯持续关注。他把它们分为两类，一类是内在的，一类是外在的。这些原则是：习惯、美德，包括坏习惯、恶和罪。在这个背景下讨论了原罪，这是一个在现代特别重要的论题（第 81-83 条）。原罪是一个造成其他人获罪的特殊方式，是"源起"。不过在第二项的第三部中第 163-165 条又返回到这个题目讨论原祖的罪，联系到骄傲（与谦虚相对），因为在托马斯看来本质上骄傲是第一罪。第一项的第二部中继续这个题目，在原罪问题之后，讨论大罪，也就是那些原祖的罪，后来人们的罪的根源。然后进入人类行为的外在原则，也就是法律和恩宠。恩宠问题在后来的时代得到非常详尽的讨论，不过在《神学大全》中占有分量并不多，自第 109 到 114 条讨论关于恩宠的必要性、恩宠的本质、恩宠的分类、恩宠的第一效果成义和功劳。在这些章节中，教义问题和伦理问题被混合在了一起。

同样在第二项的第二部中，根据序言介绍，主要讨论伦理方面的问题，以及"美德和恶习的普遍问题"。神学意义上的美德——三超德和四枢德，以及恶习，彼此对立的讨论几乎占了整个这一部分。在这一部分的结尾，有几个关于特殊问题的简短讨论。这样我们看到，在《神学大全》中讨论的这些伦理问题，在今天属于教义学的范畴。

在第三部分，我们并不能发现直接归属于人论的问题。不过我们需要注意到圣托马斯计划中的意向，如大家所知，他的作品并没有最后完成，基督论和圣事研究本来应该紧跟着通过耶稣基督救恩要达到的不死生命这个目标。

另一个作品与圣托马斯《神学大全》风格非常不同，是圣文都拉的《纲要》（*Breviloquium*）。作者在其中第二部分谈到世界的创造，紧跟在三位一体论题后面；创造的概论部分之后，是天使的受造，以及人作为肉体和精神结合体的受造；第三部分讨论罪，根据《创世记》六天的记述，从元祖犯罪开始，然后讨论腐败和原罪的延续，然后谈到其他罪；第五部分，在讨论了道成肉身之后，关注的是圣神的恩宠，这部分的系统结构和标题都很有趣，很多人认为这是中世纪关于恩宠论的最重要讨论[①]。恩宠是天主的恩赐，有助于功劳，加强对罪的抵抗。圣文都拉用不同的顺

---

① 参考：卡尔拉纳（K. Rahner），"恩宠神学"，见《神学研究》（*Theological Inves-tigations*）4，伦敦，1974年，第1011页。[Cfr. K. Rahner, "Gnadentheologie," in *LThK* 4, p.1011.]

序和不同的定义，讨论了与圣托马斯相同的基本主题。恩宠在美德和恩赐中的问题占据了这一部分的大量篇幅。在圣事论之后，第七和最后一部分，讨论最后的审判。我们是无法拒绝对这一部分的结构表示欣赏的，毫无疑问，它比《神学大全》更加接近现代研究方式。当然这里也分布着很多关于人的问题的教导。

后特利腾大公会议时期

与我们的课题相关的一些基本问题，在改革时期和特利腾大公会议后的大辩论时期，经历了异常尖锐的讨论。其中包括巴依乌斯、反协助救赎论、杨森主义等等。这并不奇怪，当时争论的很多问题，在现在依然无法避免，不过今天需要在神学系统结构上有所调整。自从特利腾大公会议之后，关于恩宠论的研究已经成为一个独立科目，比如 1545 年在巴黎出版的索托的多明我（Domingo de Soto）的著作《论本性与恩宠》。恩宠论的重要性越来越明显，并且与关于原始正义的讨论也关联起来，还有关于"转化"的问题也进入超性秩序，把本性和恩宠之间的不同进行了完美弥合等等。在系统神学方面，《神学大全》的顺序被尊为典范，其中原来可能只有寥寥几页的问题却有后来人无数的作品进行诠释式的研究。

我们可以引用方济各苏亚雷斯（Francesco Suarez）的神学作品看一看。第一个题目是关于三位一体的天主，然后就是天主创造了一切。创造工程第一项是天使，接着是六天创造工作。其中很明显，人的被创造最重要，根据《创世记》叙述那时他们的具体状况是天真无邪的，如果不是突然出现罪的问题，人类就永远生活在这个状态中。接着研究人的构造，在《论灵魂》部分讨论非常详细。其中占主导性的是哲学问题，更加具体些就是认识论方面。如其题目本身所表达的，是关于人论的最基本问题的范畴。关于恶与罪方面，罪被归结人类意志和人类行为，结束部分讨论原罪，在这里原罪仍然属于创造论的一部分内容。人论的概念非常清晰，在《关于人类的终极命运》问题中，把灵魂和肉体并列，肉体也被划属到了人论范畴内，其中有非常丰富的末世想象，尽管绝大部分都是针对灵魂。沿袭圣托马斯的线路，恩宠论位于法律之后，都属于人类行为的基本原则。尽管如此，这部分曾经在《神学大全》中仅仅只有少数几页相关的讨论，到这里变成多本巨大的书卷。恩宠论部分从前言（包含自由、天主对自由行为的态度、人在犯罪前后的不同状况）开启一系列的阐述：恩宠的必要性、恩宠在人类行为中的帮助和天主的推动、习惯恩宠（*grazia abituale*，也翻译为常恩、受造恩宠。译者注）的本质、成义（giustificazione）、关于恩宠的增加和保存等等。紧跟着的部分是神学美德三超德，有意思的是信德问题被包含在教会论中。需要注意的是在这里，也是把恩宠论安置在基督论之前。

类似的结构延续在萨拉曼卡神学家作品中，比如伯塔维（Petavio）的著作《教义神学》。威尔堡（Wirceburgenses）的神学家们在讨论《天主创造者》时，第二卷中讨论天使的创造（1853年巴黎出版），第七卷（1880年出版）讨论罪、恩宠、成义、功劳等等，在恩宠论题目中讨论原始正义状态。

十九世纪到梵蒂冈第二次大公会议

在十九世纪的神学背景中，我们需要看看舍本（M. J. Scheeben）的《教义学》。这部著作尽管没有最后完成，不过除了《末世论》以外我们都可以看到。在这里也一样，讨论题目首先是三一天主，第三卷讨论天主与世界的关系，也就是与造物的关系。沿袭传统顺序，开始于天使受造，然后是创世记的内容。人在整个创造中，如同前期的传统作品一样，占有特殊地位。接着是超自然秩序，那是理性造物的目标。在第四卷，我们需要注意到一个与过去历史上非常不同的创新，这里讨论的罪的问题，是前面第三卷大篇幅讨论过的超性秩序的对立。在关于罪的概论之后，谈到罪的历史，从天使犯罪前到人类犯罪后。随后加入原罪论，这里关于原罪论的讨论，是我们自过去到此时看到的最浩大的著作。第三和第四卷，组成一个循序渐进的创造论。第六部分讨论恩宠论，放在基督论和救恩论之后。尽管第三卷有一些部分讨论恩宠，但这里更加系统地研究了每一个人的得救与基督救恩功劳之间的关系。与前期的作者视角相比，这里发生了改变，不是单独讨论人类行为的原则，而是放在与救恩工程的关系中，用这种方式与基督的恩宠密切地联系起来。

到此，关于神学人论的论题，我们看到一种双布阵的模式，这在后来的时代中将会得到发展。第一阵营包括创造、提升和罪，第二阵营包含恩宠。二者的内在和谐似乎并不需要担忧，可是让我们特别注意到的是，有时候在讨论"天主创造者"主题中，第一阵营会安排"论人类"的题目，其中包含了末世论[①]，可是恩宠论并不直接包含在这个题目下。在过去的新学院派时代，讨论的题目是"创造和提升的天主"，最早出现的作品是1888年的德帕米尔（D. Palmieri）[②]。讨论"提升"的部分包含了天使的第一个罪，尤其是人最初的罪，就是原罪，甚至还有玛利亚的无玷始胎。著作在序言中，明显地区分了统一在同一论题下的两个部分中使用的方法论之不同，可是其结果造成二者实际上缺乏内在的统一。在"创造者天主"部分，由于讨论到自然秩序，涉及太多在哲学中已经研究的问题。显然，这种方法不适合应用在"提升者天主"的题目下。如此不可避免地给读者造成一种印象，似乎提升到超性对人的本性是一个外在的增补。导致关于创造论的神学意义与哲学问题的关系不清晰，形成混合模糊状况。

这种基本结构伴随同一题目在各种著作中保持下来，只是不再包含玛利亚无玷始胎的论题，而把这一部分归入了圣母论当中发展。在这个论题的结构中，逐渐发展清晰了两个必要环节：一

① 参考：佩罗内（J. Perrone），《神学论题》第五卷，陶里尼-梅迪奥拉尼，1886年。[Cfr. J. *Perrone, Praelectiones theologicae*, vol. V, Taurini-Mediolani 1886.]

② 参考：费里克（M. Flick），"关于'创造者天主与提升者天主'论题的结构问题"，见《额我略大学学刊》（Gregorianum）第36期，1955年，第284—290页。相关介绍在后面会继续补充。上一个世纪的相关方面学术发展我在这里主要引用西班牙语界的参考资料。参考：拉达利雅（L.F.Ladaria），"人作为神学论题"，见《教会研究》（Estudios Eclesiàsticos）第56期，1981年，第935—953页。[Cfr. M. Flick，"La strutura del Trattato 'De deo creante et elevante'," *Gregorianum* 36 (1955)，pp.284–290, L.F.Ladaria, "El hombre como tema teologico," *Estudios Eclesiastico* 56 (1981)，pp.935–953.]

方面，更加明确地划分了哲学和神学的领域，因此创造论有了更加明朗的神学和救恩史取向；另一方面，创造与提升的合一表现出更大趋向。创造世界的天主是三位一体的天主，天主创造了世界是为了安置那将被提升到超越秩序的人类；另一方面，关于人类，耶稣基督，这道成肉身的天主圣子也是其中一位。费里克因此建议把旧时习惯的名称改为"人类救恩的起源"（De primordiis salutis humanae）①。

关于恩宠论，随着时间发展基本固定成形，这个时期常用的名称是"论基督的恩宠"。如此便明确强调了恩宠的来源，以及赐予人类恩宠的原因。不过我们仍然需要强调指明，"恩宠"被视为一种超越的实体，是来自天主的恩惠，热诚于人类，或者说是天主为了让人做好主要关心的事情而给予人的帮助。② 间接地，人自己作为天主恩宠的接受者，也成为被关注的客体对象。

卡尔拉纳（K.Rahner）在 1957 年注意到了直接涉及人的神学论题中存在的这种分裂，并且在一篇精确地题名为"神学人论"

① 参考：费里克，"关于'创造者天主与提升者天主'论题的结构问题"，见《额我略大学学刊》，第36期，1955年，第289页；费里克—阿尔塞吉（M. Flick e Z. Alszeghy），《创造者—救恩之始》。作者在相关主题下沿着这个线索有两部作品出版，彼此互相补充。[Cfr. M. Flick, art. Cit., p.289; M. Flick e Z. Alszeghy, *Il Creatore. L'inizio della salvezza; I primordi della salvezza.*]
② 参考：拉达利雅，"人作为神学论题"，见《教会研究》（Estudios Eclesiàsticos），第56期，1981年，第945–952页。[Cfr. Ladaria, art.cit., pp.945–952.]

的文章中给予指出。① 这个学科名字在那个时候还尚未存在，不过这种处理似乎很有必要："所谓'神学人论'本身的结构还没有形成。人论仍然分布在不同的讨论中，没有一个完整的基本体系。在这里所指意义上的人论，是神学还没有实现的一个任务，当然并不是说这种人论的具体陈述和内容尚未首次被发现——也就是对关于人的启示的肯定，而是指天主教的神学体系中，尚未发展出来一套从原始点出发的完整的人论。"② 这个出发点对于拉纳来说，也就是基督信仰中关于人的认识，知道自己被天主的话语所质问的人，这位天主是自我生命圆满的、自由的和慈悲的天主，绝对自我通传的天主。必须从神学角度出发，始终牢记人的"超性本质"，也就是不能忽视这样一个事实，在人的自我意识中，即使不一定以专题术语的形式出现，但是一直存在着天主邀请人与祂共融的召叫和实际的恩宠赐予（这恩宠在任何具体情况下都可以被接受或者被拒绝）。

这个出发点的发展应该是始于人的受造条件，也就是人作为一种面向天主开放为特征的客体。卡尔拉纳的超验方法，确切

① 卡尔拉纳："神学人论"，见《神学和教会辞典》，第618–627页；珍妮斯（L. Janesse）：《关于人的论文》，罗马，1918–1919年，斯托尔茨（A. Stolz）：《教义中的人论》，弗莱堡，1955年，其中第三部分讨论人论，位于圣经和哲学部分的后面。[K.Rahner "Anthropologie, theologische A," in LThk I, pp.618–627. L. Janesse, *Tractatus de homine*, Roma 1918–1919; A. Stolz, *Anthropologia dogmatica*, Freiburg, 1955.]
② 卡尔拉纳："神学人论"，见《神学和教会辞典》，第622页。[Art. Cit. p.622.]

地在神学人论中找到了最直接的应用点之一。① 神学，作为以神性对象为主体的结构，那么关于人的问题，必须总是保持自我质疑，必须在"先验（*a priori*）"（撇开人类经验和理解力）确定每个神学定论的同时，也尊重在每个已知材料内容的"后验（*a posteriori*）"（人的经验、理智和独特性）。这并不是说，人从简单的超验分析可以推断出来信仰内容。不过在此光照下，人可能发现在人自身内，先验地存在着为了了解人自己的条件，而这条件本身，已经展示了人之为人的某些面貌。不过，人因其人性构造，向来都是可能对天主的启示和召叫而开放的。但是，在人作为受造物的存在与进入共融的圣召——恩宠，这二者之间存在着区别。这个区别可以，而且也应该被表述出来，同时并不需要诉诸"纯本性"的预设概念，因为人的本性可能就是一种支持人聆听到圣言的构造，而拒绝圣言可能真正的是对于人之本质的拒绝，而不仅仅是一项简单的否定。由这个作为有能力接受恩宠的人之自然本性概念出发，拉纳认为有必要了解什么是灵性、超验、不死和人的自由等等问题。

与这个起点及其发展相一致的是，拉纳将人论与基督论的关系视为必须特别研究的一个点。事实上，如果将人理解为历史性地受到天主的质问，我们知道这个质问首先是在耶稣基督内提出

---

① 卡尔拉纳在很多场合谈到这个内容，属于他的特有方法。比如关于在神学背景中考虑人的问题和宇宙起始问题的基本要素，参见救恩奥秘系列丛书4（*MySal*, IV），第11-30页。后面当我们谈到救恩奥秘系列的系统结构时会再涉及这篇文章。毫无疑问卡尔拉纳很多想法对后来的神学研究都产生了重大影响，不过他的超验方法似乎跟随者并不多。

的，对于基督信仰来说，耶稣基督是化身为人的天主圣子。根据人的定义，天主圣子成为"人"这个事实，对我们有什么意义呢？只有从基督论出发，我们才可能理解一些关于"人"的基本问题，比如使人神化的恩宠和复活。神学人论，对于卡尔拉纳来说，应该澄清这些基本问题，围绕这些问题，去组织所有的具体研究。作者在短小的文章中没有解释我们正在反省的关于人论全部材料的具体架构。但是在同一词典中，关于恩宠的神学题目，他提出不应该抽象地讨论"恩宠"，而是要面对作为恩宠对象的人，只有这样才会达到圣经神学关于恩宠的具体语境中。[①] 这样的人论将是关于以获得救恩和成义为目标的人论；其出发点，相对于普通的人论来说，将是三一天主与人的自我通传（原意词根是沟通、交流，根据传统翻译这里也使用通传。译者注）；这自我通传建构了恩宠的最终本质，是天主通过耶稣基督朝向非神性生命存在的基本行为。其他需要发展的题目，将是成义（giustificazione）和生命发展，以及在耶稣基督内获得恩宠的现实意义。深入展示卡尔拉纳的设想细节，并不是我们现在的任务，我们这里只是介绍梵蒂冈第二次大公会议之前那些时候，已经表现出来的关于人的反省的神学内容中，开始寻求系统化的趋向。很有意义的是，这恰恰是在耶稣基督内天主召叫人与其共融的事实，因此基督论和人论之间的关系，就是实现这种新论述的轴心。

---

① 卡尔拉纳："恩宠神学"，见《神学和教会辞典》IV，1960，第1010–1014页；参考：词条"恩宠""系统神学"，见《神学和教会辞典》IV，第991–998页。[K. Rahner, "Gnadentheologie," in *LThK* IV, 1960, pp.1010–1014; crf. "Gnade IV，" in *Systematik*, ibid, pp.991–998.]

梵蒂冈第二次大公会议和当代神学

众所周知，梵蒂冈第二次大公会议没有制定任何特别针对人论的文献。不过同样清楚的是牧灵文献《牧职宪章——欢欣与希望 关于教会在当代世界的使命》（GS），给我们提供了一个有效的人论纲要，尤其是文献的前面部分。事实上，在文中第三条已经指出它所表述的中心思想是针对"个体完整的人，肉体和灵魂、心和良知、理性与意志的统一"的人。鉴于教会希望照亮的关于世界的问题包含"当代人的欢欣和希望，忧伤和焦虑"（GS1），大公会议注意到在我们这个世界所发生的深刻变化、不平衡、普遍的愿望和深奥的疑难（GS4-10），顺理成章地希望以基督作为人类历史的钥匙、中心和目标给予回应，祂是永恒真实的基础，超越一切变易。祂是无形天主的肖像，一切受造物中的长子（参考哥 1:15），在祂的光照下，大公会议希望说明人的奥秘，并且借此寻找对世界上一些最重要的问题给出一个解决建议指导。（GS10）

《牧职宪章》第一部分中的第一章，题目是"人的尊严"，以简短的方式概括了关于人的基本真理：依照天主的肖像被创造；自从历史的开始人就因着罪而滥用了自己的自由，因此而失去了与天主、与人自己、与他人以及与一切受造物的和谐关系；人是灵肉合一的统一结构；人的理性和伦理良知的尊严；自由的伟大；死亡的奥秘以及基督复活对这些问题的启发；人类与天主对话的圣召是人类尊严的最高形式；提供机会讨论无神论问题，以及教会应该对此采取的态度（GS12-21）。这些都是属于关于世界起始的问题，或者说创造论，也包括了人类终极命运和末世论。大公会议对于神学人论更加独特和重要的贡献是一个原则，它不只是在这几页简短的陈述中，而在第 10 条中已经指出，直到该宪章的第 22 条明确确立："诚然，除非在天主圣言降生成人的奥迹内，人的奥迹是无从解释的。第一个人——亚当，是未来亚当——主耶稣基督的预像（哥 1:15）。新的亚当——耶稣基督，在揭示圣父及其圣爱的奥迹时，亦向人类展示了人如何之所以为人，以及人的崇高使命。所以毫不奇怪，一切上述真理，均以基督为基石、为极峰。祂是'无形天主的肖像'（哥 1:15），是人的完美；祂为亚当子孙恢复了因原罪而损坏的相似于天主的肖像身份。因为祂曾取得了人性，而并未消灭人性，故我们所有的人性，亦被提升至崇高的地位"。（GS22）

可以看到这里并没有发展一个关于人的神学内容，而是确立了神学人论展开的基本原则。我们可以看到在大公会议之前，已经表现出来这种考虑。大公会议给了我们第一个回答：耶稣基督是天主圣父和圣父之爱的启示者，正是因此，表现出来耶稣基督是圣子。但是大公会议也告诉我们，在这同一个启示中，也让我们知道人是谁，人类圣召的尊严，在此背景下，人必然拥有与天主的父子关系，是圣子耶稣基督与圣父的父子关系的肖像，就是肖似于耶稣基督与圣父的关系。该宪章第 22 条在结语部分明确指出了这一点。所以似乎可以这样说，耶稣基督自己作为天主圣父的独生子，向人类启示我们自己真正的状况，在耶稣基督身上彰显出来完美人类的理想状态。亚当是未来应该来到的那一位的预像，未来要来到的这位就是耶稣基督，祂是亚当的完美。只有在末世亚当——耶稣基督的身上，才真正彰显出来天主对于人类的真实计划。因此，人类的奥秘，在道成肉身的天主圣言的奥秘中获得澄清。只有根据我们人类的范式，我们才能知道我们被召叫成为的样子。我们需要注意到，这里讲到耶稣是"人的完美"，不只是谈到"完美的人"。"完美的人"，这个含义常常是指一个优秀的、成全的人，如同从初期教会开始一直在过去漫长传统中所说的。梵蒂冈第二次大公会议对此作了加注，我相信，这是一个新的强调点："人的完美"，是指这个完整的人性是完美的，也就是说，是楷模、范式，是人性应该达到的样子的标准，是人性内在的含义。大公会议在其他几处重复这同一个肯定，该宪章在第38条和45条再次强调耶稣基督的人性的"完美"。尤其是在第41条明确肯定："谁追随基督——人的完美，自己也将更加像人。"在基督内成长，意味着在人性中成长。成为基督徒不能与成为"人"而分裂，而是帮助我们更加完满地成为人。

　　对于大公会议的这个训导阐述我特别加以说明，是因为我认为，关于神学人论的这个直觉必须清楚地照亮我们的整个学科。并不能说大公会议的文献在任何时候都同样受到重视，并且把《牧职宪章》的主张都完全一致地进行了发展。如果我们希望它得到了完全发展，反而是太天真的。耶稣基督对于人论的意义，似乎更加集中在末世论方面，而不是在创造论。在这个意义上，天主教神学仍然有很大的探索和研究余地。不过在我看来，大公会议对建设一个完整的神学人论结构指出了一条道路，并且以统一的形式巩固这个学科，这只能是与耶稣基督的关系，祂是死人中的首生者，也是众造物中的首生者（参考哥 1:18，25），祂是终末的亚当，也是第一个亚当受造时的模型。[①]（参考格前 15:45-49；罗 5:14）

我们不能忽视"梵二"大公会议上这个基本直觉的重要意义，它植根于最古老的基督信仰传统中。这个原则在大公会议后的神学发展中产生了很大的影响，它或多或少地决定了围绕人论主题在探索中的革新。然而并不是说，在神学人论系统论题研究中达成了统一，实际上距离其完满地获得接纳和发展仍然很遥远。大公会议后的神学巨著还远远不能提供一个统一的论述来涵盖所有以人为主体对象的研究。

这方面比如著名的信理巨著系列丛书《救恩奥秘》（*Mysterium Salutis*），自我定位是"救恩史神学教科书"。在其第二卷中（最初的版本），首先论述天主，然后是研究"救恩史的开始"[②]（我们注意到这与我们在第 17 页注①②中所引用的作品题目相似）。在作品介绍部分，卡尔拉纳，引述了很多我们参考过的神学人论方

---

① 关于梵蒂冈第二次大公会议的人论，请参考：拉达利雅，"梵蒂冈第二次大公会议中关于基督光照下的人论"，见《梵蒂冈第二次大公会议二十五年（1962–1987），讨论与前景》，主编：拉图雷尔，亚西西，1987年，第939–951页。更加详尽的研究请参考：格特勒，《教会关于人的问题的回答》，莱比锡，1986年。[L.Ladaria, "L'uomo alla luce di Cristo nel Vaticano II," in R.Latourelle (a cura di), *Vaticanno II. Bilancio e prospective. Venticienque anni dopo (1962-1987)*, Cittadella, Assisi, 1987, pp.939–951; Th. Gertler, *Die Antwort der Kirche auf die Frage nach dem Menschsein*, St. Benno Verlag, Leipzig, 1986.]

② 这个题目似乎在意大利文翻译中丢失了（第四卷）。

面观点。在救恩史的最初时刻已经与基督论有密切关系，因为只有从耶稣基督和新约出发去讲述具体的原始状态才有意义。在这个意义上，关于创造的学说是"世界起源论"，也就是说，这个学说是把世界现实中被创造的条件作为前提，构建以耶稣基督为中心和钥匙的救恩史（参考其中第四卷）。这种思想坚持将创造作为盟约的前提，以及坚持"在基督内创造"的新约学说，这被置于创造论研究的开始部分，有助于将一切都置于基督背景中。在这一部分所展开的具体题目包含：创造是持久救恩的开始（包括信仰方面的神学发展和关于超性的问题）；狭义人论（人类的起始，灵肉统一的构造，人的社会性，人在世界上的行为，劳动等问题）；人是天主的肖像与关于原始生存状态的神学；普通的关于罪的神学；原罪专题；天使和魔鬼。

《救恩奥秘》的第三卷（仍然是人类起源问题），讨论基督论，在第四卷结尾部分基本上属于末世论，题目是"天主通过恩宠而行动"（与教会论并列，却又不同，这种排列方式为了避免一个独立的恩宠论，参考第九卷第10页）。在历史介绍之后，讨论预定计划、成义、在基督内的新生命。在整个这一章中，有一部分的题目是"人是富有恩宠的——一个神学人论的尝试"。我添加此细节作为证据，为了指出"神学人论"这个名称是如何再次出现的，它被用来指内容更加广泛的一个具体章节，尽管该章可能具有概括特征。需要注意到在《救恩奥秘》系列中，缺乏对"美德"的系统陈述，在整个恩宠论讨论中只有包含5页的几个段落。这种章节构建方式仍然属于大公会议前的普通系统，原因是作品要跟随的救恩史线索。现在也许更加意识到这一点，但是在早期的经院作品中也并不是完全缺乏意识。《救恩奥秘》第五卷，在第二部分和最后部分讨论末世论。在这里与人论仍然有清晰的联系，可是该论题需要一个合法的和合适的独立位置。关于这一点，我们在本书的结束部分会做简要讨论。

梵蒂冈第二次大公会议后的其他一些教科书系列与《救恩奥秘》的体系相似。①

在 1970 年，圣座额我略大学的几位教授，费里克（M. Flick）和阿斯吉（Z. Alszeghy）合作出版了他们的作品《神学人论基础》。如作者自己在书的前言中所说，该书是对他们的前期作品《创造主——救恩的开始》（1961 年出版）和《恩宠的福音》（1964 年出版）中一些论题的重铸，两部著作力求收集整理梵蒂冈第二次大公会议作为"回响和推动者"的新神学立场。在其许多特征当中，作者认为"神学人论"应该属于其中之一，而我认为应该强调两个方面。一方面是"历史性"：梵蒂冈第二次大公会议强调，不讨论抽象的、理想状态中的人，而是面对具体的人，持续生存在各阶段的人，作为天主依照祂自己的肖像而创造的生命，构建在一个完美的状态中，可是由于罪，人类从这个状态中坠落，又被基督救回获得新生命，成为新受造。另一方面，需要突出该学科的特征是以基督为中心。基督中心在第一创造中已经出现，但

————————

① 比如：奥雷—拉辛格主编，《天主教教义学手册》。在总参考书目录中对奥雷的两卷著作我们有介绍，属于系列中的第三和第五部分，二者之间安排的是基督论。[Kleine Katholische Dogmatik di J. Aure e J. Ratzinger (Piccola dogmatica cattolica).]

是尤其表现在新创造中，"人类现象在其来源圣言的光照下，因着圣言的完美参与，在逐渐朝向圣言的合一中，而得到充分的理解"（第6页）。毫不奇怪，在考虑到这两个特征时，作品分为两大部分："在亚当印记下的人类"和"在基督印记下的人类"。在第一个印记下，是天主创造的人，目标是成为天主的肖像，但是由于罪而变形了。第二个印记下，采纳了恩宠论。事实上，正是在这一点上，耶稣基督的"印记"最明显地体现出来了。不过我们需要注意，两个"印记"之间的并列对比并不是完全对称的。基督的"印记"占优势，因为"第一亚当的罪曾经被允许，直到通过第二亚当，神性生命才可能以充分完美的方式与人沟通"（第221-222页）。此外，即使救恩史的各个阶段有明显的区别，但在整个历史中和每个具体的人中，这两方面都有一定的共存，因为一方面，基督的奥秘已经有效地临在于人类生活中；另一方面，只有在末世才会达到完整的实现（第222页）。

通过一卷书尝试来组织关于人论问题的素材并不是最重要的事情。确实，需要研究的问题非常丰富，不能过于仓促综合。我们首先需要认识到的一个问题是，可以将迄今为止分散的一系列神学内容和学科围绕人作为基本对象进行分组。即使从这种信念出发，也可以而且应该把各部分的研究进行到底。似乎至少有一些大学的神学系和神学院在某些层次的研究中，可能尝试组织关于人论的素材，建立一个体系，根据一定的统一原则，结合其他几个教义神学的核心（基督论和三位一体论、教会论和圣事论）

来建设。前面我们分析了最近几年的一些著作，① 尽管它们的差异显而易见，但是在结构和内容方面可以归结到前面我们分析过的费里克（M. Flick）和阿斯吉（Z. Alszeghy）的思路上。在另外一些情况中，仅涵盖该学科一部分的研究似乎也没有忽略整体观点；而有些以主标题或者副标题出现的《神学人论基础》，却并没有完全相同的内容，② 不过无论如何，其中已经注意到他们所研究的题目与《神学人论》范畴内其他内容之间有内在的密切联系。这个副标题也出现在一个专门研究恩宠神学的作品中，背景是与新教神学对话，包括讨论原罪问题的很长一个篇章，作为恩宠论的介绍位于历史介绍之后。③ 我们看到，这个名称逐渐被普遍接受，传统中讨论的相关题目常常被整合统一在一起。在不影响这一问题的前提下，收集整理传统论题的著作继续出版着。④

---

① 参考：拉达利雅，《神学人论》；撒纳，《人是教会的基本道路》；冈萨雷斯·福斯，《友爱规划，基督信仰中关于人的观点》。[Cfr. L.F.Ladaria, *Antropologia teologica*; I.Sanna, *L'uomo via fondamentale della Chiesa*; J.I. Gonzalez Faus, *Proyecto de hermano, Vision cristiana del hombre.*]

② 我介绍其中两条线索，在总参考书中提及。戈泽利：《人在基督内的圣召和命运》，该书包含了传统中"创造者和提升者天主"方面的全部内容，所以"原罪"和"天使"两部分也在其中。培纳：《天主的肖像——基本神学人论》，这本书只是讨论人生命的各个层面，并没有进入初始状态探索，没有涉及罪的问题等。同一作者还有"结构—神学人论的方法和内容"，见《奥维坦斯研究杂志》，第8期，1980年，第347-360页。[G. Gozzelino, *Vocazione e destino dell'uomo in Cristo*, J.I.Ruz de La Pena, *Imagine de Dios. Antropologia teologica fundamental*, "Sobre la estructura. Metodo y contenidos de la antropologia teologica," in *Studium Ovetense* 8 (1980), pp.347-360.]

③ 参考：佩什，《因恩宠而自由》，该书缺少人是受造者的问题研究。[Cfr. O.H. Pesch, *Liberi per grazia.*]

④ 除了参考书目中提到的参考书，还有格雷沙克：《获赠的自由——恩宠论导论》，弗莱堡，1977年；博夫：《世界的解放者——恩宠》，里斯本，1976年。[G. Greshake, *Geschenkte Freiheit. Einführung in die Gnadenlehre*, Herder, Freiburg, 1977; L. Boff, *A graça liberadora no mundo*, Vozes, Petropolis–Lisboa, 1976.]

直到现在我们所分析的论著和教科书，包含了那些以明确的观点保持对人论统一体系的作品，基本上沿承该论题的传统线索，在方法和内容上采纳了梵蒂冈第二次大公会议的一些革新。不过，为了让我们的视野更加全面一些，我们也应该注意到该论题下结构本身的革新，比如不同的秩序和分布系统，更加直接契合天主通过祂的圣子耶稣基督给予人类的启示。

我们应该集中讨论其中一些案例，尤其是在意大利语环境中，出现在大公会议后的这些年。比如哥伦布（C. Colombo）建议，在关于人的研究中，统一所有的材料，遵循天主论和基督论题目。他认为应该调整传统顺序，从天主对人类的规划作为开始，也就是，人类是被提升到恩宠生命中的存在，或者说，进入到超性秩序中的存在，创造只是为了这个提升的需要，这是人类并没有因为犯罪而失去的。① 在近期很多关于神学人论架构的作品中，更加深入细致一些的是稍微晚几年后出现的塞任达（L. Serentha）的模式，他用不多的几页介绍了该论题的基本历史线索，介绍了一些普遍的方法问题，建议或者说设想了一个该论题的结构。稍后我们继续对这个建议给予分析。首先我们来看基本问题，出发点应该是把人放入基督（恩宠）内考虑，或者是人预定朝向基督（创造论）。作者更加倾向于前者，因为"创造"属于盟约的其中一个时刻。逻辑链应该由这个历史线索主导，在此意义下，应该

---

① 哥伦布："梵蒂冈第二次大公会议光照下的教义神学"，见《天主教学校》，第95期，1967年，第3–33页。[C.Colombo, "L'insegnamento della teologia dogmatica alla luce del Concilio Vatiano II," in *La Scuola Cattolica* 95 (1967), pp.3-33.]

从恩宠论开始。这样，有两点是基本原则：预定——在基督背景下研究，但是不能混淆基督的预定和人类的预定；成义——应该从与基督的合作开始，重建传统题目。具体来说，指向圣神的恩赐（圣神的居住、非受造恩宠）、受造恩宠、与天主的父子关系、罪的赦免。论题的第二部分应该展开人类的历史层面问题。那里将涉及三个方面：首先是在基督信仰内关于历史和自由的问题；第二是此历史和自由的具体内容，受造性、人际关系、肉体问题，所有这些都是基督信仰中关于自由概念的细节，也就是，有能力面对天主，成为盟约的合作者，在这个背景下，也将谈到天主的肖像；第三是历史性和自由的能动性，具体比如：罪的集体层面、自由的重要意义、与原罪的关系，在成义方面，人的积极合作、为成义做准备、现实恩宠等等，最后是末世目标。结束部分，可以安排对超性的反省，把人对基督奥秘的分享作为出发点，直到本性达到与其和谐一致。①

毫无疑问，必须承认，在这种安排中，以天主的计划为中心显然比以前的结构更合适。或许它的缺点是较少遵循人类经验的顺序，②与非基督徒对话比较困难，另外也不够遵循启示的发展进路，因为只有在基督里，天主的计划才从一开始就得到展现。此

---

① 塞伦塔："神学人论革新的方法论问题"，见《神学》，第2期，1976年，第150–183页。[La Serentha, "Problemi di metodo nel rinnovamento dell' antropologia teologica," in *Teologia* 2(1976) , pp.150–183.]

② 参考：培纳，《构造—神学人论的方法和内容》，第350–351页。[Cfr. J.I. Ruiz de la Pena, *Sobre la estructura. Metodo y contenidos de la antropologia teologica* (cfr. N.15) , pp.350–351.]

外，很清楚的是，我们不能陷入传统神学的某些努力中有理由被指责的缺点；创造是一个神学论题，不是外邦人的论坛，如卡尔巴特所说。在基督内创造的学说，为了基督、朝向基督，应该自始至终明确清晰。首先，论题的前面部分应该打开的前景是朝向目标的，并且是决定性的。可以说关于人是天主肖像的学说也是一样，应该特别强调基督论方面的内容。另一个原因也可能有利于传统秩序：人与基督合一，在人类的具体现实环境中，人总是被宽恕的罪人。这不需要追随圣托马斯用道成肉身的动机来强调耶稣基督把我们从罪恶中赎回（即使不只是如此），在基督内的生命包含了对罪的超越，成义是坏人的成义，罪人的成义。事实上，我们与基督合一，以及与天主的父子关系，是由于天主对全人类慈悲的爱而成为可能。关于原罪的学说排在恩宠论之前，可能有个优势：直接与"历史"事件相联系。当然，这里也需要强调，人背叛了天主，并且拒绝天主邀请人进入与祂的友谊的召叫，而这已经是在基督内、为了基督的恩宠，只有从此作为出发点，我们才会理解罪的整个事实。无论如何，这些理由都不是完全确定的。塞伦塔（L. Serenrtha）的建议是非常值得欣赏的，如我们在前面的分析，是很有道理的。

实际上，最近几年的教科书中似乎并没有遵循我们刚才提到的替代方法。不过科尔扎尼（G. Colzani）的作品《神学人论——人、悖论和奥秘》，似乎呼应了我们就这个论题谈到的一些想法。作品中前面两部分是圣经神学方面和关于人论的历史发展分析，因为内容很多，已经不是一个简单的介绍；第三部分开始系统论题，题目是"从基督信仰看关于人的计划"。在这里包含了预定、被理解为与基督共融的恩宠、原始状态是恩宠的象征、人的自由、对基督荣耀的分享（这里也是同样将此作为末世论的基础元素）；第四部分，把基督信仰中的"计划"与"历史"对比：罪和原罪、罪人的成义、美德等等。①

时间将告诉我们，该论题这些分散的新尝试是否将在本学科未来的构造中被采纳。不过不论怎样，这些新努力的线索值得我们关注，尤其是意大利语界我们刚才分析过的那些思想，正在严格地朝向神学方向和基督中心迈进。引发这些建议的担心值得关注，毫无疑问需要在神学人论范畴内给予答复，无论采用何种具体方式表达。

如果我们希望从前面看到的景观出发，对神学科目中关于人论问题的现状做出评价，我们可以发现某种正在巩固整体系统构想的趋势，尽管部分的研究仍然在进行。把所有的素材作为一个整体来统筹，并不是意味着不认可这个问题所包含的多样性。仓促的概要是不可取的，不过我们也指出过，这种朝向完整的《神学人论》系统的趋向，既不是单一的，也不是普遍的。

在对于素材进行更大整合的假设下，它在学术系统中适当的位置似乎应该是在基督论和天主论之后。通过将人（以及整个世界）视为天主的创造物，在很大程度上所强调的是基督的普遍意

① 劳尔德·亨主编：《神学反思的起始》第五卷，布雷西亚，1986–1987年。其中简短谈到我们这个题目，而很有启发性的部分是第三卷中关于创造论和末世论二章，作者是吉赛尔（P.Gisel）。[B. Lauret–F.Repoule（edd），*Iniziazione alla pratica teologica*, V,Queriniana,Brescia,1986–1987.]

义。另一方面，我们已经提示，在后面我们会继续谈到，天主肖像的基督论意义，似乎支持将基督论安排在前面。恩宠论除了需要以基督论为前提，还需要三位一体论。在素材组织上，人论对基督论的"依赖"更加明显。同样一致的是，如果没有看到人论素材中的这种统一性，那么，创造论会先于基督论，恩宠论随后，按照救恩史顺序展开，可能与教会论的关系不是很清晰。不过我相信把它安排在前面也有道理，尤其是末世论与神学人论的关系被看得很紧密的话。实际上，世界和人类的实现也就是教会的实现。

时代环境使得神学可以更加广泛地与各种其他科学领域的人类学研究进行对话，以便建立和夯实基督信仰中人论的基础架构，尽管困难重重。在很大程度上，与过去的时代不同，这些架构不再被共同继承。[①] 一方面，教学上无疑会带来困难，另一方面，我们必须尽量避免重复哲学科学对人的问题的论述。

---

① 参考：培纳，《人论新路径》，桑坦德，1983年。该作者另外两部很有特点的书已经列入总参考书目中。[Cfr. J.I. Ruiz de la Pena, *Las nuevas antropologias*, Sal Terrer, Santander, 1983.]

第二章 关于创造的神学

基本问题

我们在前面的部分讨论了关于人论领域的论题中适当融合一些关于创造的基本思考。[1] 也就是，根据神学传统，凭借坚实的圣经学基础，统一来考虑创造的六天，但是这并不意味着否认人的特殊性。鉴于体系秩序的理由，这样的思考仍然会把我们带向同样的方向。我们已经看到，人类生命有一个基本意义上的确定，那就是从来没有被抛弃的观点——人的受造性。这属于人类与天主关系中的一个维度，但是这涵括了我们的全部方面，当然这并不是说是唯一的维度。我们所深浸其中的世界，这也是天主的造物，人被万物包围，是宇宙的一部分，而不是外来客。人类属于众多造物中的一种造物，即使人在这个世界中占有一个特殊的中心地位。当然，人是一种特殊的造物，不过这特殊性，就其确定

---

[1] 创造论方面除了总参考书目中的，还有培纳的《创造神学》，罗马，1988年；吉西的《创造》，都灵，1987年。[J.I. Ruiz de la Pena, *Teologia della creazione*, Borla, Roma, 1988; P.Giesi, *La creazione*, Torino, 1987.]

性而言，并不能超越其作为受造物的状况。关于创造的思考，既涉及天主的概念，也涉及人本身的概念，帮助我们理解人是谁，去默观我们人类的生命，以及我们所生活的世界其本质的层面。

基督中保

在当代，一个被普遍接受的观点是，从神学的角度来看，我们再也不能说天主对世界的创造是中立的，与那个以基督为高峰的救恩史没有关系。实际上，创造已经属于救恩的奥秘，即使不能承认以色列人民从盟约观念开始，已经认识到世界是由天主所创造，[①]然而不论是对这些概念的深入理解和研究，还是关于救恩的经验，或者与天主的亲密关系，所有这些方面都承担了重要角色。如我们在先知书中清晰地看到，通常在这种情况下首先会提到第二依撒以亚（参考依 40:22-28；43；1、15 等），对于天主作为解放者的信仰，带来对天主创造者的完全认同。同时只有祂有资格保证解放的彻底和决定性，成为不只是以色列的天主，而是全人类的天主。不论是天主的创造，还是天主施行的奇迹，都是为了有利于祂的人民，这被认为是祂仁爱的表达（参考咏 136，一再重复"祂的爱是永恒的"，希伯来文 hesed）。因此在天主对

---

① 参考：韦斯特曼，《创世记一》，纽基兴，1974年，第90页；德哈斯，《作为救恩奥秘的创造》，美因茨，1964年；施密特，《司祭典文本的创造叙述》，纽基兴-弗鲁恩，1964年；德鲁索等，《古代东方的创世叙述》，巴黎，1987年。[Cfr. C. Westermann, *Genesi I*, Neukirchen, 1974, p.90; P. De Haes, *Die Schopfung als Heilsmysterium*; M.Grunewald, Mainz, 1964; W.H. Schmidt, *Die Schöpfungsgeschichte der Priesterschrift*, Neukichen-Vluyn, 1964; C.Derousseaux (ed) *La creation dan l'Orient ancien*, Cerf, Paris, 1987.]

世界的创造和天主在历史进程中的作为这二者之间，存在一个持续性和对比性。二者的基础都是天主无限的爱，通过这两种方式表现出来，最终具体表现在对所有的人和每一个人日常生活上的守护和帮助（参考咏 136:25 "给所有的生命赐予食物，因为祂的爱是永恒的"）。

新约之 "新"，在创造神学方面是不能被忽视的。第一眼看来，新约似乎既不涉及创造的概念，也不涉及创造的行为（当然，一切都是天主所创造的，在新约中被当作常识而普遍接受），但是创造论对于理解耶稣基督的普世价值具有决定性的意义。在新约中关于我们所讨论的信息，不只是天主创造了这一切，而是这位创造者天主是我们的主耶稣基督的父亲，祂通过圣子创造了一切。耶稣基督是创造工程的媒介（在教会中文翻译中也译为 "中保"。译者注），这在新约里面有很多明显的证据（这里我们不深入其细节，比如格前 8:6；哥 1:15-20；希 1:2-3；若 1:3-10）。对于基督作为创造的中保，是在末世论的意义下，对应宇宙在基督内焕然一新的功能；圣父的规划是通过在世界被创造之前已经选择和决定的耶稣基督使一切达到焕然一新（参考弗 1:3-10）；自一开始，一切的创造都不只是通过祂，而且也是为了祂和朝向祂（参考格前 1:16）。基督的创造职能和革新职能，在贯穿祂整个生命的拯救行为中获得意义，尤其是通过祂的逾越奥迹。《哥罗森书》对我们理解这一点很重要。在创造者中保与和好者中保之间、在造物的首生者与死人的首生者（复活）之间，彼此相互

对应。① 正是明确的救恩行为打开了耶稣基督普遍宇宙性意义的
步伐。如果通过死亡和复活，耶稣基督使得世界与圣父和好，或
者以另一种方式说，圣父在基督内接纳了世界，与之和好（格后
5:19），在初期基督徒团体的信念中，这不可能是对整个宇宙和
全部历史没有意义的行动。救恩的框架展现在创造中，也就是说：
通过从耶稣基督带来的救恩出发，在祂身上可以看到一个原则，
根据这个原则，一切现实都将得到解释。如果世界是因耶稣基督
以及在耶稣基督内而得救，这个意义就是，世界是因着祂和在祂
内而受造。创造不是一个简单孤立的中立规划，然后才展开天主
与人类的历史（西方语言中，历史和故事是同一个词汇。译者注），
而是，创造本身就是已经开始了这个故事，直到在耶稣基督内达
到高峰。耶稣基督，通过祂的复活，为了天主圣父的荣耀，彰显
了祂是宇宙之主（参考菲 2:11）。合理的逻辑就是，铺展这种主
宰权至整个宇宙，及全部历史时刻。如果在祂的复活中，我们得
到了新人类的初熟成果，那么耶稣基督的这种主宰的意义就只能
是：全人类被祂所吸引。

　　类似地，初期教父和教会作家们，也看到了基督的宇宙职
能，尤其是护教士和亚历山大学派。在与当时的哲学思想对话过
程中，这些教父们认为世界是和谐的，是有秩序的宇宙，它们按
照一定的逻辑运行，有其理性，因此宇宙不是混乱的，而是井然
有序的。对于基督徒来说，这不可能有其他原因，只能来自道成

① 在创造与和好之间的"为了祂"，很值得商榷，事实上，后者可以认为是指圣父。尽
管如此，创造与拯救之间的对应已经足够，未必需要这个元素。

肉身，那化身成人来到世界上的圣道（对应中文词汇也包含：道理、逻辑、话语。译者注）、天主圣言、天主圣子。祂是宇宙的理由与和谐。因此，基督徒，是那些认识和跟随圣道（道理、逻辑、规律、话语）的人们，并且完满地拥有祂。因此，信仰为我们打开了走入正确道理的步伐，在信仰内我们发现世界和万物的真正意义。这个"道理（话语）"，并不是被基督徒独家垄断，祂也存在于其他人群中，正是由于这个原因，他们也可以了解真理的一部分。不过我们需要注意到其中的不同：完满的圣道（圣言）仅存在于那些在祂的完整性中了解祂的人们当中，即那些承认基督的人；而在其他人群中，这种认识必然是部分的和片面的。[①]

当伟大的教会，面对灵智派和玛西翁（Marcione）的不同观点时，坚决捍卫造物的美善和天主在新、旧约中的身份，强调基督主权的普世价值和中保意义，以及历史的统一性，最后，在救恩与创造之间，于适当的区别之中深刻地呼应。如我们所看到的，以这种方式关注万物的时候，创造论就是一流的神学题目，它直接来自基督论，并且完满基督论，因为这向我们展示了耶稣基督普世价值的意义。把救恩与人的完满发展关联起来看的时候，就向我们展示出了创造论与神学人论之间密切的内在关系。

---

① 参考：圣尤斯丁，《辩护》卷一，12:7;22:1;23:2;44:10;46:2;59:1,卷二7:3;10:2;13:4–6 等等；亚历山大的克莱孟，《论起始》卷一2:3;5:1;6:5, 卷十110:1;112:1。[Cfr.S.Giustino, *Apol.* I 12:7;22:1;23:2;44:10;46:2;59:1, II 7:3;10:2;13:4–6cc.;Clemente Alessandrino, *Protr.* I 2:3;5:1;6:5, X 110:1;112:1.]

天主对创造工程的忠信

进化论与基督信仰的矛盾，在这几十年来终于成为过去。这个问题在天主教神学方面的解锁来自1950年教宗碧约十二世的通谕《人类》（*Humani Generis*）。然而，神学必须对这种反思有一些保留，新约给我们这个主题设定的以基督为中心的视角是非常强烈的。事实上，对于世界在进化这个观点，让我们避免把创造视为已经结束的事情，就像固定主义者出于明显原因所做的那样。新约告诉我们，一切都朝向基督而迈进，如同一切都是通过祂而受造。造物的行进，来自其内在从天主获得的推动力，尤其是基督复活的力量，朝向新的创造。直到这种完满充分爆发，直到天主的计划真正实现，才能从这个意义上达到结束。那是完全实现的结束。因此，创造仍然是粗糙的，直到达至决定性的第七天。我们前面谈到人（和世界）在其整个存在中，受造状态的持续性，在创造的起始和新创造之间是"创造的持续"。① 天主从来没有停止在世界中和历史中行动，天主现在的创造行为丝毫不比创造开始的最初时刻松懈。② 天主一直持续地在创造着，不只是"保存"祂已经做过的，而是在祂的预定中引导一切朝向那个从一开始就确定好的目标迈进。保存、天主的陪伴、天主的眷顾，

---

① 参考：莫特曼，《创造中的天主》，作者坚持认为这个可以看得见的世界是开放的，因为天主是天地的创造者，第196页。[Cfr.J. Moltmann, *Dio nella creazione*,ibid, p.196.]

② 对于托马斯来说，保存是一个持续工程，借此天主使万物生存，参见《神学大全》卷一，第104条。这与人的出现并不矛盾，天主以某种方式结束了祂的工作。参考《创世记》2:1-2。

这些概念强烈地达到与圣经的一致，与天主对祂的工程和创造的忠诚相吻合。天主的忠诚展现在爱中，这导致祂派遣祂的独生子来到世界上。天主在耶稣基督内对世界的"是"，也达成祂的计划通过祂的圣子耶稣基督而实现。在此意义下，天主在世界上持续的临在也是通过耶稣基督，目标是祂救恩工程的实现。

造物，在此基督论观点下，在某种方式上是"粗糙的"。这就为人对于天主创造工程的参与合作提出问题，这个创造不是一切都结束了的。在创世记中，不论是司祭典还是雅威典，都指出人应该工作，要管理和治理大地。很明显，如我们会在后面看到，人对于这个被托付的世界，并不是绝对主人，而且从这个层面上，对宇宙的创造者天主的依赖也是决定性的和必不可少的。但是事实上，世界是天主的创造，同时并不否认，在某种程度上，世界也是人的创造。人的自由，正是在自然的转化中被赋予了自我实现的空间，同时也成为人类行为的结果，而且每一次总是更多地打开新的潜能，并实现人性更大的提高。① 梵蒂冈第二次大公会议，在《牧职宪章》第三章中，指出人要与天主的创造工程合作。人类通过自己在世界上的作为，为天主计划的实现做出贡献；基督信仰的信息把人的合作看作是人类对于世界建设应该尽的义务（《牧职宪章》34）。通过劳动，人同时转化物质和社会，以及实现人自身的完美（《牧职宪章》35）。通过人类在世界上的作为，教会认可时空内现实事物的合法性，肯定它们是与天

---

① 参考：圣若望保禄二世通谕，《人类工作》4，25。[Cfr. Giovanni Paolo II, *Laborem exercens*, 4:25.]

主创造者的计划相协调的。受造界各有其天赋美善和存在本质，人类需要对之给予尊敬，对于其中的某些规律，人类需要通过自己的努力去发现（参见《牧职宪章》36；《教会宪章》36）。通过这一切创造性的努力，人类也实现自身，让自己更加"人性化"，同时也把世界"人性化"。由此可以检验出来，某些工作，由于执行人的情况，或者由于执行它的整个秩序的状况，结果却阻碍人的成长，只是寻求执行人的个人名利，这是多么严重地扭曲了天主所愿意的秩序。需要注意到，这种由于人类参与而产生的现实的转化，不能被缩减为以简单的功利主义和技术的态度对待世界，而是也同时需要另一种态度：艺术创造、以敬畏发现真理。在此意义下，人类行为将不只是对六天创造工程的继续，而且也让我们预尝第七天安息日的欣喜。当代创造论神学正确地坚持了第二个维度，也许在其他时候它被遗忘了。[1]

天主为了祂自己的荣耀自由地创造了世界

在此意义上，人类在世界发展的步伐中是自由的创造者和责任人。人类的创造性不能被理解为是对天主创造性的否定和限制。相反，人类创造性从天主的创造性那里获得全部的意义。全能天主的爱，创造一切，也保存一切，不会因为人类的自由和创造性

---

[1]　参考：莫特曼，《创造中的天主》，第320–341页；培纳，《人是天主的肖像——神学人论基础》，第215–217页；加诺齐，《天主的创造》，美茵兹，1976年，第71页。[Cfr. J.Moltmann, op. Cit. pp.320–341; J. L. Ruiz de la Pena, *Imagen de Dios. Antropologia teologica fundamental*, pp.215–217; A. Ganoczy, *Der Schöpfung Gottes*, Grunewald, Mainz, 1976, p.71.]

而受到限制，而是借此得到更大的彰显。创造，已经凸显，其本身就是"走向自由的历史"。[①]创造的自由从基督救恩的自由中获得实现。如果从道成肉身出发，从基督的全部生活出发，就可以理解天主创造的方式，可以发现此原则在这里的应用。

从天主圣父自由出赠基督，到耶稣基督的自我赠予，都是生命的自我赠予。天主进行创造的自由是我们信仰中的基本真理，也是天主自身的概念所在。不过，自由不应该被理解为天主对世界的冷漠，或者祂不需要世界，不理睬世界。天主的自由是爱的自由，对世界充满热诚，尤其是对于人。天主超越的自由与受造的自由相呼应。如果不能促生自由，那我们就看不到自由创造的任何意义。天主超越的自由，是人类自由和创造性的基础，并且从对天主自由的回应中获得意义，而且借此，创造获得更深的意义，从万物的"好"，到人类的出现成为"更好"。人类自由的实践建基在，并且活动在一个自由的环境中，并不是一个偶然的或者狭小的命运，也不是在没有意义的背景中把人类丢弃在虚幻的自生自灭中。人的自由是一个被召唤的自由，被天主无限的自由和无限的创造力所逐渐唤醒。

天主创造的自由是关系性的，在基督信仰传统和神学思考中，创造的自由是与创造的目的联系在一起的（参考梵蒂冈第一次大公会议文献 DS3002，3025）：天主不是为了自我完美而创造，而是为了分享祂的美善；另一方面，天主自己就是一切的目

---

① 参考：加诺齐，《天主的创造》，第112页。[Cfr. A. Ganocyz, op. cit., p.112.]

标，如果祂为了其他什么原因而创造，那将与祂的自由相互矛盾；如果为了什么而创造，将会依赖所创造的。美善和神圣恩惠的分享，在教会语言中等同于"天主的荣耀"。这是一个非自我完善的荣耀，是出赠的荣耀。天主的彰显，已经在旧约中出现，但是凸显在耶稣基督身上（若 1:18）。正是在这个彰显和自我赠予中，人类的救恩和完美才得以存在。天主创造是为了在耶稣基督身上获得彰显，为了分施祂的美善，并且赠出祂自己，借此而使造物达到完满。这个完满，就是天主自己，因为只有在天主内，世界，尤其是人类，才能够达到自己的最终目标。

天主创造力的自由和爱，通过人类的合作参与，不是受到限制，而是获得最大的表达和彰显。一般情况下，我们不难理解，天主一直在持续地创造，并且通过大自然这个次要原因把祂的计划带到世界上，比较难以理解的可能是，人的自由常常与天主对立——这也是天主全能的彰显。然而，尽管邪恶造成很多阻碍，我们需要肯定，正是在有能力促生造物的自由合作能力方面，天主创造者的力量更加完美地获得了展现。是天主创造者促使人成为创造者，而不是约束人的创造力。因为，如果"创造"这个概念导出从属性存在，那么同样这也是该造物本质的和真实的生命属性。

讨论的题目也包含在创造之始天主的"自我空虚"（kenosis，词义是倒空，见保禄书信。译者注），其高峰是在道成肉身的耶稣基督身上，最后是十字架。^①而且，天主以某种方式退隐，留出空间给祂的造物，具体来说就是给人类自由意志留出空间，给人类留下在天主"之外"的活动余地。我们在此不必对这些观点进行详细分析或者评判，毫无疑问，天主在祂的造物中自我彰显，同时也自我隐藏在造物之后。正是创造者的爱，为有能力退隐的谦让之爱赋予基础。创造不只是"做"，也是放手让造物去发展成为其自己。^②我们从另一个角度来给予同样的阐述：天主的创造首先是促发，赋予生命，赋予自由，赋予自主能力。

人类在建设世界中的责任，根据《创世记》第一章第 28 节的叙述，只是来自天主的授权，人类并没有绝对统治权。当天主任命人类作为天主自己的代表出席在这个世界上，并且分享天主自己的生命的时候，天主既没有放弃自己的状况，也不是仅仅给人一个位置。只有在考虑到天主是一切造物的创造者（包括人类在内）的前提下，在基督信仰的观点看来，出于尊重人的工作，人类对万物的管理才是有意义的；根据《创世记》，人类不只是需要耕种伊甸园，（这已经与剥削区别开），而是伊甸园也需要成为人类照顾和守护的对象（参考创 2:15）。人类对于世界统治权的限度问题，在当今面对生态危机的威胁中，表现得十分敏锐。

---

① 参考：莫特曼，《创造中的天主》，第111页；巴尔塔萨，《天主的戏剧—第二卷》，第258页。这个问题也有犹太教方面的模式。参考：舒勒姆，《从虚无中的创造和天主的自我矛盾》，巴黎，1990年，第31–59页。[Cfr. J. Moltmann, op. cit. p.111; H.U.von Balthasar, *Teodrammatica* 2, p.258. Cfr.G. Scholem, *La creation a partir du néant et l'autocontraction de Dieu*, Cerf., Paris, 1990, pp.31–59.]
② 参考：莫特曼，《创造中的天主》，第112页。[Cfr. J.Moltmann, op. cit. p.112.]

教会受到不少指责，因为其对创造的观点，对人类在宇宙中作为责任人的统治权方面，引起一些讨论。因此并不奇怪，在关于创造和人论的题目中，必须考虑到人在世界中的权限问题。[①] 目前，对于世界现实状况、工作问题、进步发展问题等等这些题目，都是神学方面一个必要的补充。它们自从第二次世界大战后就强烈地吸引了神学家们的关注，在梵蒂冈第二次大公会议那些年达到高潮，具有标志性的时期是对可持续发展和进步持乐观态度的那些年份。[②]

---

① 该题目本身已经很有意义，前面我们已经提到。此外还有培纳的《创造论》，第170–195页；撒纳：《人是教会的基本路径——神学人论》，罗马，1989年；奥尔：《生态伦理》，布雷西亚，1988年；施密茨：《造物还能保存吗？环境危机和基督徒责任》，维尔茨堡，1985年。[J.L. R.de la Pena, *Teologia della creazione* pp.170–195; I.Sanna, *L'uomo via fondamentale della Chiesa. Trattato di antropologia teologica*, Roma, 1989; A. Auer, *Etica dell'ambiente*, Brescia, 1988; Ph. Schmitz, *Ist die Schöpfung noch zu retten. Umweltkrise und christliche Verantwortung*, Würzburg, 1985.]

② 参考：蒂尔斯，《地球现实的神学问题》，保禄书局，1964年；切尼，《关于劳动的神学》，都灵，1964年；梅斯，《关于世界的神学》，布雷西亚，1969年；阿尔法罗，《关于人类发展的神学》，亚西西，1969年；对于当时神学状况的概要可以参考尼古拉斯的《关于人类发展的神学——当代天主教神学家的起源和演变》，萨拉曼卡，1972年；加诺齐，《创造性的人和天主的创造》，美因茨，1976年；斯卡里克，"关于基督徒在尘世生活中的责任的神学"，见《拉特朗学术》，第43期，1977年，第198–243页。此外建议请参考有关梵蒂冈第二次大公会议文件《牧职宪章》的评论资料。[Cfr. G. Thils, *Teologia della realtà terrena*, Paoline, 1964. M.D.Cheni, *Per una teologia del lavoro*, Borla, Torino, 1964; J.B. Metz, *Sulla teologia del mondo*, Queriniana, Brescia, 1969; J.Alfaro, *Teologia del progresso umano*, Cittadella, Assisi, 1969; A.Nicolas,*Teologia del progresso, Genesis y desarollo en los teólogos católocos contemporaneos*, Sigueme, Salamanca, 1972; A.Ganoczy, *Der schöpferiche Mensch und die Schöpfung Gottes*; M. Grunewald, Mainz, 1976; C. Scalicky, "La teologia dell'impegno cristiani nel temporale," in *Lateranum* 43(1977), pp.198–243.]

三位一体和创造

我们说过，创造的意义是在差异中对天主的依存关系，但是，根据这个概念，我们还没有到达基督信仰中关于天主创造者的最深处。在这本导论开始的时候我们已经指出，在新约中，通过耶稣基督作为普世中保的观念，创造被明确地安排在救恩关系中。我们也谈到，天主自由创造了世界，而且天主自己就是创造的目标和终点。所以，如果拯救人类的天主就是三位一体的天主，那么创造人类的天主也是三位一体天主。这一点可能被庸俗理解：很明显我们不能否认天主创造者和天主拯救者的身份，教会信仰也从来没有对此有过怀疑。可是问题是另一种情况：天主是万物的原则，只是作为唯一天主，还是作为三位一体，祂与创造有什么关系？这并不是一个肤浅的问题，因为在历史上的某些时候，在天主唯一性和独特性、对于天主只是造物的原则这些问题的合法和必要的坚持中（参考比如 DS800、851、1331），可能导致人们忘记了这唯一原则其本身的多样性在创造中就已经发挥了作用。

这正是教会最古老的传统，基督的中保角色在新约中已经被肯定，圣神的介入也很明显。比如，阿泰纳哥拉（Atenagora）说："我们肯定，天主通过圣言创造了一切，通过圣神保存了一切。"[①]圣依来内的观点众所周知：圣子和圣神是"天主的双手"，通过

---

① 《基督徒使命第六卷》，参考：安提约基亚的德奥菲罗（Teofilo di Antiochia）卷一7。[*Legatio pro Christianis* 6; Cfr. Teofilo di Antiochia, Ad Aut. 1,7.]

祂们，天主圣父创造了一切。① 德尔图良②、阿塔纳修③、凯撒勒雅
的圣巴西略④的观点也大致相同，他们都认为，三位一体这唯一
而不可分割的原则中各自有不同的功能。圣父是开始，圣子是中
保，圣神是完成，带入完美。

在几次古老的大公会议中，也强调了三位一体功能的区分。
尼西亚大公会议、君士坦丁堡大公会议，认为圣父是创造者创造
了一切，耶稣基督是中保。君士坦丁堡第二次大公会议（553年）
这样解释对三位一体天主的宣信："唯一天主圣父，一切皆来自
祂；唯一主耶稣基督，通过祂，一切被造；唯一圣神，在祂内一
切存在。"（DS421）⑤如果，对于人的得救，圣神的角色不可或缺，
祂居住在我们内，我们在祂内生活和前进，那么自然地，圣神在
创造过程中也应该有职责，尽管明显地那时还没有展示出来祂全
部的功能，如同圣子在创造的时刻和道成肉身的时刻有不同的功
能区分一样。即使圣神的介入在新约中没有明确地说明，但是我
们并不能认为那是在教父时代才发展出来的附加内容。我们再一
次看到，救赎框架向宇宙创造的转移。这里含蓄地肯定，在救恩
计划中已经包含着一切存在物的答案。所以，创造是天主三位一

---

① 参考：《驳异端》第四卷4,20；第五卷5:1;6:1；安布罗斯《圣咏诠释》118，10,17。
[Cfr. *Adv. Haer.* IV praef 4,20;V5:1;6:1; S.Ambrogio, *Exp. Sal* 118, 10,17.]

② 参考：《基督徒辩护》45,2；《论创造》7:3;12:3。[Cfr. *Adv. Herm.*45,2; *Prax* 7:3;12:3.]

③ 参考：《致塞拉皮翁》第一卷28。[*Ad Serapionem* I 28.]

④ 参考：《论圣神》16:38。[Cfr. *De Spiritu sancto* 16:38.]

⑤ 1274年第二次里昂大公会议中对于前置词a\per\in（朝向\为了\在……内）的使用
很有意思，"credimus sanctam Trinitatem，Patrem et Filium et Spiritum Sanctum，unum
Deum omnipotentem...a quo omnia，in quo omnia，per quem omnia，quae sunt in caelo et in
terra..."（DS 851）。

体的创造。而且，即使在文字上没有出现天主的自我赠予，但是实际上也是指出了这一点的。天主如此创造，正是为了祂亲自成为这造物中的一位。

最近一些年的神学研究中，特别坚持天主三位一体与创造的内在联系。这当然不是关于天主三位一体奥秘的启示。不过，在天主内三位之间存在"距离"，这个事实使得天主与造物之间存在距离成为可能。[①] 有距离，同时又是同一天主，世界也是这样"在天主内"。创造，从另一个侧面被强调，需要关注位格天主。这在旧约中已经展现，天主不是一个待完成的原则，不是被需求所引导。在基督信仰中，位格的天主，不是孤独的天主，而是自身充盈着完满共融的天主，因此，创造就是天主的美好与完善之纯净而自由的传播。天主不需要为了获得一个"你"而创造，而是本来一直就是拥有位格的团体。只有通过三位一体天主的启示，才彻底展现天主创造者爱的自由；祂丝毫不需要自身之外的共融，因为祂自身拥有完美的自我共融。[②] 天主不是因为创造才成为父亲，而是因为祂是"父亲"，所以才创造；因为祂一直完美地与圣子共融，与圣子合一，在互相的爱中，那就是圣神。在纯净的自由中，祂有能力向外倾泻这种爱。创造的天主，同时也

---

① 参考：巴尔塔萨，《天主的戏剧》第二卷，第252页；"创造与三位一体"，见《共融》第100期，1988年，第7–16页。在其中作者密切联系了在基督内的创造和十字架预见的关系。[Cfr. H.U.von Balthasar, *Teodrammatica* 2,p.252; "Creazione e Trinità," in *Communio* 100 (1988), pp.7–16.]

② 参考：培纳，《神学创造论》，第264–267页。[Cfr. J.L. Ruiz de la Pena, *Teologia della creazione*, pp.264–267.]

必然是一而三的天主。只有从三位一体的启示出发，才可能理解天主有能力创造一切，却让一切与天主自己不一样。让我们回到基督论与人论的关系，现在我们足以表明，对道成肉身的无偿性质、对天主"成为造物"的无偿性质，无论如何强调这些都不算过分，祂不以任何方式从创造中获取，而是蕴含着让一切造物获得存在的更加伟大的无限的爱。不过与此同时，我们需要认识到天主圣子来到世界上，以及对受造物本性的接纳，是对创造无偿内在的完善，这只是出于天主的爱，让我们知道受造物的尊严。一切通过耶稣基督而受造，但不只是通过"道""圣言"，而是"全部都为了指出，一切之所以可以存在，只是因为他们将会在终极亚当（也翻译成为'第二亚当'，其实意义是'最后的'亚当。译者注）身上获得完美"。① 这一切的动机，是为了告诉我们，对于创造论应该如何从基督论出发重新诠释。我们不能分裂按照计划进行的天主的创造，与自永恒之中祂已经确定的关于造物的这个计划。

---

① 巴尔塔萨：《天主的戏剧》第三卷，第233–236页。为了创造工程的完成，圣子一直临在于天主对于世界的计划当中。[H.U.von Balthsar, *Teodrammatica* 3, pp.233–236.]

第三章　人是天主的肖像

现在我们进入本书《神学人论导论》的核心部分。"世人算什么，你竟对他怀念不忘？人子算什么，你竟对他眷顾周详？"（咏 8:5）早在圣咏中，作者就对人类脆弱和伟大兼具的特性困惑不解，这个奥秘和矛盾在各个时代都引起无数思想家的疑问，比如圣奥古斯丁和帕斯卡尔。梵蒂冈第二次大公会议也认为每一个人都是一个无解的疑问，任何人都无法逃脱，尤其是在人生中的某些特殊时刻（《牧职宪章》21）。关于人的这个疑问不只是个问题或者困惑，而且真正是个奥秘，反射着天主的奥秘（《牧职宪章》22）。

在这个导论中，我们强调的是基督信仰关于人的观点，而不是我们的经验使我们知道了什么，或者我们可以从哲学和科学中得出的结论，尽管那些可能很深刻。梵蒂冈第二次大公会议做出一个非常伟大的选择，在人类关于自身的已经和继续提出的多种多样，甚至互相冲突的观点中，教会的回答是建基于圣经的创世教导，人是依照天主的肖像和模样受造的生命存在（《牧职宪章》12）。这个核心观念将位于任何可讨论范围之外。基督信仰对于人的这个观点，人与天主的关系这个基本问题，应该绝对确立于任何其他问题之前，尽管比如关于人的构成成分等等这些问题也很重要。如我们前面所确定的，创造需要在圣经背景中去理解，并在基督救恩中获得终极意义，毋庸置疑，人类是创造的中心和高峰。人的受造结构从天主对人的救恩计划中获得意义，而不是相反。只有在天主计划的光照下，才可能完全理解其丰富含义。天主的这个计划应该进入，甚至应该成为基督信仰关于人的观念的决定性所在，"在关于人本身的概念中，需要为天主对于人的计划留出位置"。[①]基督信仰所持有的人论不能从其他地方寻找泉源，不能从外在资源寻找支持去建立人论。基督信仰关于人的任何观念都要明确强调，并且深深扎根于自己的泉源，当然这并不意味着我们拒绝其他资源提供给我们的有效甚至必要的帮助。

关于"肖像"的题目在圣经和教会传统中

对于人是依照天主的肖像和模样所创造这个确认，其泉源来自圣经《创世记》司祭典（创 1:26-27）。不过雅威典泉源已经为这第一章中的两节叙述做了铺垫：人由天主从大地的尘土中塑造，并且从天主自己获得生命；人需要管理乐园，为那些服务人类的动物命名；人需要一个与他相称的陪伴。现在让我们回到"肖像"所具有的明确的动机。首先我们面对的是在历史上和现在，

---

① 奥尔布：《圣依来内的人论》，马德里，1969年，第20页。[A.Orbe, *Antropologia de sant Ireneo*, Edica, Madrid, 1969, p.20.]

对这两句话浩如烟海的诠释。①

在广泛流传的一些作品中间，我们需要提到冯拉达（G. Von Rad），他具有代表性的观点是人类对于世界的统治，这就是为什么天主把自己的肖像赋予人类的原因。重心并不是人类的这种状态本身，而是赋予这种状态的动机。人类，作为天主肖像的生命存在，成为权力的标记，为了保证和肯定自己作为宇宙唯一主宰的统治权。在这个意义下，以色列人认为人类是天主在宇宙的代表。②

其他一些作者，并不否认人类对于世界统治权的动机的重要性，但是他们认为需要强调人类与天主的关系，对世界的统治权是其结果。因此，第一要点"关系"必须给予优先考虑。所以"肖像"这个状态将涉及人类的各个方面，而不仅仅是其中之一。③甚至，他们还观察到，不仅人的境况在《创世记》中很重要，而且最重要的是，我们被告知天主怎样工作，也就是天主把人类创造成为祂的肖像和相似者。人类的境况是天主行为的结果；所以需要明白天主为什么要把人类创造成为这样子。创造是天主与人

---

① 参考：韦斯特曼，《创世记诠释》第一卷中的目录，第203–218页；巴尔塔萨，《天主的戏剧》第二卷，第298–316页。[C. Westermann, Genesis I, Neukirchen 1974, pp.203–218; H.U.von Balthsar, *Teodramatica* 2, pp.298–316.]

② 冯拉达：《旧约神学》第一卷，布雷西亚，1972年，第176页；参考：福雷斯蒂，"旧约人论概要"，见《圣经中关于人论的题目》，第5–54页；撒纳，《天主的肖像和人的自由》，罗马，1990年，第142–148页。[G. Von Rad, *Teologia dell'Antico Testamento I*, Paideia, Brescia, 1972, p.176; Cfr. Foresti, "Linea di antropologia veterotestamentaria," in *Temi di antropologia biblica*, pp.5–54; I. Sanna, *Immagine di Dio e libertà umana*, Citta Nuova, Roma, 1990, pp.142–148.]

③ 参考：施密特，《司祭典的创世叙述》，纽基兴，1964年，第142–144页。[Cfr. W.H.Schmidt, *Die Schöpfungeschichte der Priesterschrift*, Neukitchen, 1964, pp.142–144.]

类之间的一个事件，每一个人都这样被创造为了生活在与天主的关系中。只有在这个关系中才存在"肖像"的意义。①

同样我们也不能忽略对于人类作为男女二性存在状态的解读，及人类的社会状态等等。②《创世记》在谈到亚当的儿子舍特的出生中，重新类比人类作为天主的肖像（参考创 5:1-3）。"肖似"这个境况，是人与人关系的决定因素，具体说来是应该尊重人类生命，同时也是人类对世界统治权的所在（创 9:6-7）。同样的观点也出现在《德训篇》第十七章第 3 节，而《智慧书》第二章第 23 节侧重人类对于天主不死生命的分享作为人类这种境况的决定因素。对于"肖像"没有直接提及的情况下，《圣咏》第八首歌颂人类是神性生命的分享者和其他造物的统治者："竟使他稍微逊于天神，以尊贵光荣作他的冠冕，令他统治你手的造化，将一切放在他的脚下。"（咏 8:6-7）在整个旧约中都告诉我们，人类因天主的授权，在天主面前，而对世界负责任；人作为天主的对话者，在天主开始的并且将其带到结束的历史中担任积极角色。不需要分析作为天主的肖像对于人类这个或者那个方面的影响，而是由于天主的种子扎根在人性中，这决定了人类生命

---

① 参考：韦斯特曼，《创世记诠释》第一卷，第214-218页；《旧约神学》，1981年；加西亚·洛佩斯，"人是天主的肖像在旧约中"，见《三位一体研究》，第22期，1988年，第365-382页。人作为天主的肖像这个条件，意味着神圣种子在人生命中的临在。[C.Westermann, op. Cit., pp.214-218; *Teologia dell'antico testamento*, Brescia, 1981; F.Garcia Lopez, *El hombre imagen de Dios en el Antiguo Testamento*, in *Estudios Trinitarios* 22(1988), pp.365-382.]
② 参考：卡尔巴特，《教义学》第三卷，第204页。[Cfr. K.Barth, *Kirchliche Dogmatik*, III\1, p.204.]

存在的根本，包含了人的全部层面。

《创世记》的信息在基督的光照下被重新解读。事实上，天主的肖像，根据新约，是耶稣自己（格后 4:4；哥 1:15）。这个概念联系着启示神学：耶稣基督，作为圣父的肖像，启示出来圣父。人的概念在旧约里是中心，而在新约中却以耶稣基督为关键中心给予重新解读。循此线索，我们在保禄书信中发现的肖像概念，最直接地与人论有关系：谁在信仰中接受耶稣基督的启示，同时也就成为祂的肖像。新人按照造物主的形象被革新了，这意味着，超越一切差异，直到基督成为一切中的一切（哥 3:9-10）。圣父永恒的预定，是指人与耶稣基督的一致（罗 8:29）。我们人类在大地上的境况处于亚当的肖像下，那位第一个人，但是将要拥有天人的肖像，这是复活的耶稣基督。第一个人是有灵魂的生命，第二个人是赋予生命的精神（格前 15:45-49）。第二亚当的"新"之所在，指的是天主的计划是让第二亚当为第一亚当赋予意义。亚当是他之后要来的那一位基督的肖像（罗 5:14）。肖像的概念，在旧约里，中心是人的受造；而在新约里，则转化为基督动因和末世动因。复活的主是具有决定意义的亚当，是人类新的原则，建基在复活和被召叫分享复活的主的生命的基础上。在耶稣基督身上，人类超越第一亚当带来的两个负面境况，即使它们的性质非常不同——一个是局限和堕落，一个是罪。但是通过主耶稣基督的复活，为我们打开了天主对于人类的终极规划。作为人类，就是要从亚当的境况迈向基督的境况，根据保禄所说，达到天主子的肖像不是属于人类境况外围边缘的某个部分，而是人性中具有决定意义的本质。新约似乎明确地将这个新的创造计划，带回到旧创造的开始：在世界被创造之前，我们就已经被拣选，被注定进入基督（弗1:3）。不过，肖像的动机在创造论中的置换在圣经中尚未完成，[①] 教父们将把《创世记》与保禄神学结合起来。

教会神学中关于肖像的概念与人的整体观念之间的关系的发展极具启发性。[②] 亚历山大学派，受到菲洛的影响很大，他们在灵魂中，更加具体地说是在高尚的人的灵魂中，看到了更适合人类的内容。这灵魂指的就是《创世记》第一章第26节的叙述中依照天主的肖像所创造的。被排除在这种情况下的是身体，根据《创世记》第二章第7节，肉体是天主用大地上的尘土所塑造。严格地说，人不是"肖像"，而是"依照肖像"受造，肖像是天主永恒的圣言。人由于自己的思想而是理性的，因此分享天主的理性（*Logos*，也可以翻译为圣言、道、逻辑、规律。译者注）。

---

① 关于旧约中提到肖像的动机，参考：杰维利，《天主肖像——创世记1:26在晚期犹太教、灵智派和保禄书信中》，哥廷根，1960年。[J.Jerweili, *Imago Dei . Gen1:26, im Spätjudentum, en der Gnösis und in den paulinischen Briefen*, Gottingen, 1960.]
② 关于教父人论思想参考：格罗西，《教父人论纲要》罗马，1983年。直接讨论肖像论题的请参考：哈曼，《人是天主的肖像——前五个世纪教会中的人论研究》，巴黎，1987年。[V.Grossi, *Lineamenti di antropologia patristica*, Borla, Roma, 1983; A.G.Hamman,*L'homme image de Dieu . Essai d'une anthropologia chrétienne dans l'Eglise des cinq premiers siècles*, Desclee, Paris, 1987.]

亚历山大的圣克莱孟就是这样认为。[1] 奥利金也持同样的观点，[2] 依照天主的肖像和模样受造的人，是指人的内心，"看不见的，非肉体的，不朽的和不死的"那一部分，是《创世记》第一章第26节中天主所造的，而不是《创世记》第二章第7节中天主塑形的部分；如果不是这样，他认为，无异于将天主视为有肉体的。[3] 如果天主是不可见的，那么祂的肖像、圣言、道，也应该是不可见的。在这些亚历山大神学家中，并不缺少以基督为出发点对于肖像动机的思考。他们认为只有从天主的肖像圣子出发，才可能理解依照天主的肖像和模样对人的创造。不过他们所认为的并不是道成肉身的圣子，而是永恒的圣言（*Logos*，"道"。译者注）。

除了亚历山大学派，同时还有亚洲和非洲学派。天主的肖像，依照此肖像为模型人类被创造，此肖像不只是在救恩大计之前已经永恒存在的、不可见的天主圣子圣言，而且他们认为此肖像也是道成肉身的天主圣言，拥有人性的耶稣基督。圣依来内和德尔图良就是这条路线的代表人物。他们继承和发展了一个更加古老的传统，继承罗马的克莱孟、安提约基亚的德奥菲洛、尤斯丁，认为依照天主的肖像受造的人，也包含肉体的受造。他们认

---

① 《护教文》98："天主的肖像是天主圣言，圣言的肖像是人，真正的人，也就是说，种子在人的生命中。如果说人是依照天主的肖像和模样所创造，因此，人的心智相似于神圣的最高理性，那是圣言，所以人是有理性的。"[Protrettico98.]

② 参考：《若望诠释》第二卷2："圣父，真天主，天主的本质，临在于祂的肖像和肖像的肖像内……如同道自身本质在道内，也在所有的被赋予道的生命内"；参考：克罗泽伊，《奥利金关于天主的肖像神学》，巴黎，1956年。[Cfr. *In Iohannem* II 2,Cfr. H.Cronzei, *Théologie de l'image de Dieu chez Origène*, Aubier, Paris, 1956.]

③ 参考：《创世记中的人》第一卷13。[Cfr. *Hom in Gen.*, I,13.]

为，天主创造人类所依照的模型是要道成肉身的圣子圣言。所以不只是灵魂，而且尤其是身体，是依照天主的肖像受造。所以，对于这些大师来说，是身体，而不是灵魂，将被正确地称为"人"。耶稣复活并因此使死人复活，使肉体复活，这是基督信仰的基本真理，反对所有诺斯替派的精神主义，这在人论中无疑具有决定性意义。"事实上，依来内告诉我们，在过去的时代，尽管说人类是依照天主的肖像受造，但是还没有表现出来，因为人类依其肖像受造的圣子圣言，仍然是不可见的。因此，才很容易地失去了相同的模样。但是一旦天主圣子圣言取得肉体，便对二者都给予了肯定：祂自己亲自成为自己的肖像时，才展示出来真正的肖像，重建坚固的相同的模样，通过可见的圣子圣言使人类恢复对不可见的天主圣父的相同的模样。"[1] 德尔图良在这个观点上有一句格言，被梵蒂冈第二次大公会议引用（GS22，注20）："通过泥土所表现的，都在预指未来的那个人：耶稣基督。"[2] 这一派的观点在后来的时代确实没有受到重视，却也没有完全消失。他们的思考在亚历山大学派的继承者中也产生了一些影响，并没有完全忘记对耶稣的反省，自创造的第一时刻，而不只是在救赎中，祂就是人类的标记。比如，伊拉里奥·迪普瓦捷（Ilario di

---

① 参考：《驳异端》第五卷16:2；奥尔布，《圣依来内的神学思想》，马德里，1987年，第87-104页；"圣依来内的人论 圣依来内神学中关于人的定义"，见《额我略大学期刊》，41期，1967年，第522-576页。[*Adv. Haer.* V 16:2; A. Orbe, *Teologia de san Ireneo II* (BAC maior 29), Madrid, 1987, pp.87-104; "Antropologia de san Ireneo; La definicion del hombre en la teologia del s，" II, in *Gregorianum* 41(1967), pp.522-576.]

② 《论复活》6:3；4-5；《驳异端》第五卷，1；《驳异端》第十二卷，3-4。[*De res. Mort.* 6:3; 4-5. In *Adv. Marc.* V 8:1; *Adv. Prax* XII, 3-4.]

Poitiers）和埃尔维拉的额我略（Gregorio di Elvira）[1] 也有这样的思考。

随后的时代，至少在西方，很大程度上不只是丢失了根据肖像受造的人与耶稣基督的关系，而且也丢失了对于永恒圣道（*Logos*）的反省，而是强调了灵魂是三位一体的肖像这个观点，最重要和影响最大的代表人物就是奥古斯丁。[2] 受到反驳亚略异端的影响，奥古斯丁强调神性的统一，以避免对于神性内部某种等级的解读，所以圣子是圣父的肖像可能也是因此而被回避。这样强调是为了凸显圣子与圣父的同一同等神性，解读《创世记》第一章第 26 节："让我们创造人……" 不仅仅强调三位一体每一位在对人类的创造中的参与，而且还强调祂们之间本质的平等，"ad imaginem nostrum（依照我们的模样）"。在这种情况下，对三位一体任何一位的特权进行反省都可能导致误解。

圣托马斯的理论仍然如此，人的灵魂是天主三位一体的肖像，而不只是圣子的肖像，因为这种观念可能与《创世记》抵触（《神学大全》第一卷，第 93 题，第 5 小题），着重强调是整个三位一体依照祂们的肖像创造了人类。圣托马斯排除了身体也属于

---

① 伊拉里奥·迪普瓦捷：《奥迹》第一卷 2；埃尔维拉的额我略：《论人》；《讲道》117，（拉丁教父 52，520）；奥雷利奥·普鲁登齐奥：《辩护》，第 302–311 页；1039–1041 页。[Ilario *Myst.* I 2; Tr. Ps. 118, mem 10; Gregorio di Elvira, *Trac. Orig.* XIV: Pier Cristologo, *Sermo*, p.117(PL 52,520); Aurelio Prudenzio, *Apoth.* pp.302–311; pp.1039–1041.]
② 关于肖像位于灵魂内，参考《关于创世记的文学风格》第六卷 12（*CSEL*，28,186）。在论三位一体中继续发展了这个题目，我们知道那个对于三位一体的心理学类比方面的解释 "mens–notitia–amor" 思想–知识–爱，以及记忆–理性–意志，用对于人的理解类比天主。[*De Genesi ad litteram* VI 12(*CSEL*, 28,186).]

天主的肖像，而只是其中保留了天主的"踪迹"。我认为很有意思的是，托马斯认为，理性是天主的肖像，是因为更加适合效法天主：认识天主和爱慕天主。如此，天主的肖像是人认识和爱慕天主的自然态度（《神性大全》第一卷，第93题，第4小题）。[1]把肖像与和天主保持关系的能力联系起来，毫无疑问这来自对圣经的深刻接纳。我们注意到，在一个非常不同的人论背景中，梵蒂冈第二次大公会议文件《牧职宪章》第12条几乎字字句句照搬了圣托马斯的这个模式。

人类是依照天主的肖像受造，这个观念似乎在神学人论中并不是一直被确定的。相对于人类灵魂所拥有的精神性，肖像并没有被赋予更大的意义。我们从前面看过的基督论思考中发现，在很长一个阶段这个观念是不存在的，而是在近期情况才发生了变化。按照梵蒂冈第二次大公会议文件《牧职宪章》第12条，如我们已经知道的，"人类是依照天主的肖像和模样受造"成为基督信仰关于人的观念的中心思想。这对于大公会议来说，首先意味着，人类有能力认识和热爱创造者，有能力与天主建立关系。由此出发，人类获得了统治世界和造物的权力，为了管理万物，并且使用万物来光荣天主。同时与天主的关系则表明人类的社会属性境况，即人达到完美离不开对他人的需求，即使必须明确指出这种社会性状况和肖像之间的关系并不是很明确的，而是限于文本的并列。《牧职宪章》第一章结束部分第22节，在基督论的

---

[1] 除了人拥有认识和爱慕天主的本能，其次需要注意的是人认识和爱慕天主是来自恩宠，第三，认识和爱慕的完满将在荣耀中才会实现。

光照下安置了神学人论。在这时引用了德尔图良美丽的语句，就是我们前面刚刚看到的。不过，肖像的动机并没有得到进一步澄清，只是在第 22 节谈到由于罪而畸变的模样得到恢复。其中表现出一个进步，尽管没有走到终点。无论如何，如我们在历史介绍部分所分析过，《牧职宪章》一个毋庸置疑的优点是，以教会权威训导文件的方式高调宣告"人是天主的肖像"这个观念，并且在基督与关于人的观念之间建立了明确的关系。①

毫无疑问，梵蒂冈第二次大公会议指出的方向产生了巨大的影响。在后来的研究中，"创造论"被明确地作为人类在基督内的圣召来表达，②属于神学人论的一部分。在其他情况下，是在明确基督的重要性时突出肖像的动机。③同样的考虑也出现在新教神学思想中。④

我相信有充分的理由重新评估新约神学中关于肖像的基督论维度。确实如我们所强调的，这个问题在末世论中的发展比创造论中更多。但是我们不要忘记，第一亚当是未来亚当的肖像。重

---

① 在第一章我们反省过这一点，请参考第一章的第24页注①。

② 参考：戈泽利诺，《人在耶稣基督内的圣召和命运》。[Cfr. Gozzelino, *Vocazione e destino dell'uomo in Cristo*.]

③ 参考：培纳，《天主的肖像》，第78-82页；亚马龙，《作为天主肖像的人——人论和基督论》，罗马，1989年；撒纳，《天主的肖像》；布勒（P. Bühler），《作为天主肖像的人——工作与信仰》，日内瓦，1989年；谢夫奇克，《人作为天主肖像》，达姆施塔特，1969年。[Cfr. J.I.Ruiz de la Pena, *Imagen de Dios*, spec. pp.78-82; G. Iammarone, *L'uomo ad immagine di Dio . Antropologia e cristologia*. Borla, Roma, 1989; I.Sanna, *Immagine di Dio* (cfr. 3);P. Bühler (ed), *Humain à l'image de Dieu, Labor et Fides*, Geneve, 1989; I. Scheffczyk (Hrs), *Der Mensch als Bild Gottes*, Wiss, Buchgesellschaft, Darmstadt, 1969.]

④ 参考：莫特曼，《创造中的天主》，第253-282页。[Cfr. J. Moltmann, *Dio nella creazione*, pp.253-282.]

要的是，朝着这个方向发展的教父思想似乎受到梵蒂冈第二次大公会议的很大欢迎，尽管有许多犹豫。教父们在发展这个圣经思想时，把《创世记》和保禄书信放在一起，似乎并不是随意为之。事实上，如果整个救恩史是建基在基督身上，在创造与救恩之间、旧约和新约之间有着密切的统一，那么认为结尾将要发生的事情是天主永恒计划的完满，这种思维方式就不是错误的。人类在基督内的圣召，是与祂合型的召叫，应该是在最一开始就存在的。如果不是这样，那么救恩将可能是外在的，独立于人之受造的原因。这里需要联系两个必要条件：耶稣基督的"新"与天主计划的"统一性"。在基督内当然地肯定会以一种人类无法预测的方式，展现出来自从一开始就以祂为目标而发展的内容。基督事件的彻底无偿和自由性，对于创造之事实或人类愿望的不可推断性，不论怎样强调都不过分，但是这绝不应该导致外在主义倾向，不能认为基督带来的完美只是给予世界和人类"外加的东西"。

从基督论的范畴思考人是天主的肖像，并不意味着忽视我们在历史经验中的层面。与天主的关系、认识天主和爱慕天主的能力，恰恰是通过耶稣基督而获得完满实现。耶稣基督是天主圣父为一切造物树立的唯一主宰：在人类对于造物的统治权中，依据创造者的计划，是耶稣基督的统治权使人类实现这个权力，因为一切造物都是朝向耶稣基督而发展。人类的社会层面是朝向基督奥体的建设而发展的，那就是教会，作为三位一体的肖像而合一（参考梵蒂冈第二次大公会议文件《教会宪章》第 4 条对圣西比莲 Cipriano 的引用）。

基督论与人论

这一切反省都把我们带到与刚刚结束的这个题目密不可分的另一个问题，也就是耶稣基督与人的关系，基督论与人论的关系。

事实上，如果我们认真思考第一个亚当是未来亚当的肖像这个问题（第一亚当是依照第二亚当所创造。译者注），可能会导致这样的结论，也就是一切关于人的问题我们都可以通过耶稣基督来认识。这样的话，人论其实就成了基督论。我们关于人的所有其余知识，将既没有也不可能有神学意义。这种观点的代表人物是卡尔巴赫。相关内容主要表现在他的《教会信理神学》第三卷第 2 章，在不可能总结他的所有思想的情况下，我们只引用有重要意义的几句话："人是谁或者是什么，天主用祂的话语，通过天主是谁或者是什么，以精确和深入的方式告诉了我们"（第13 页）；"就作为人的耶稣是天主启示的话语而言，祂是我们对天主创造的人类的本质获得认识的来源"（第 47 页）；"耶稣是天主愿意和创造的那种人"（第 58 页）；"人类决定性的本质，建基于在全人类中有一位耶稣这个人"（第 158 页）；"耶稣是天主计划中的第一位，如果祂允许亚当先于祂，那是为了让所有的人都进入祂的救恩"（参考第 256 页）。如果在人类现象中表现出来的某些方面，是来自启示之外，那就不是关于真正的人的，而是"阴影中的人"。因着基督对人完全的、排他的决定性，使得罪的现实和存在从"本体论上来说就是不可能的"（第 162 页）。

巴赫的许多观点当然是正确的，值得认可。他以基督为中心，强调基督对于一切的优先权是没有问题的。不过这里产生了另一个问题，如果以这种激进的方式保证首要地位，那么人的自主权真的还有吗？渴望将耶稣基督视为人的充分实现，然而是不是这样更加倾向于"压迫"，而不是"从头再来"？① 更加倾向于"缩减"，而不是"整合"？巴尔塔萨在介绍巴赫的神学思想时，突出强调启示是以造物为前提，但启示本身并不构成造物。启示为造物赋予最后的意义，但是同时并不消除其本身的和第一的意义。② 即使大自然因着恩宠和依靠恩宠而存在，但是自然秩序的意义并不因启示和恩宠而被删减（第299页）。恩宠的秩序自身为造物留下空间，造物有其自身的现实性和自主性。强调耶稣的普遍优先性，并不意味着需要陷入巴赫的"缩减"模式，其归根结底最终削弱的是耶稣的意义。事实上，第一亚当有一个其确定的本性，即使第二亚当是前者的基础和目标（第407页）③。

基督论与人论的关系问题，是卡尔拉纳许多著作中特别关注的题目。他的观点可以概括为一句话："基督论是人论的起始，也是它的目标。"是起始，因为人类的存在是为了天主圣子应该降生成人。即使需要指出，如果没有道成肉身，人类也一样可以

① 参考：吉成，"宗教改革及今天的回应"，见布勒主编，《人作为天主的肖像》，第191–211页。[Cfr. P.Gisei, "La Réforme et sa reprise possible aujourd'hui，" in P. Buhler (ed). *Humain à l'image de Dieu*, pp.191–211.]

② 《卡尔巴赫的神学思想》，米兰，1985年，第259–261页。[*La teologia di K. Barth*, Jack Book, Milano, 1985, pp.259–261.]

③ 参考：巴比尼（E. Babini），《巴尔塔萨的人论思想》，米兰，1988年，第161页。[Cfr. E. Babini, *L'antropologia di H.U.von Balthasar*, Jack Book, Milano, 1988, p.161.]

存在，因为道成肉身不受创造世界的约束，但是拉纳认为，既然世界的创造其基础是天主走出自身的可能性，那么如果没有道成肉身本身的可能性，人类可能就不会存在。在创造世界的时候，圣道（也指圣言、圣子、逻辑。译者注）的中保身份确立了让自己彰显在造物中的"语法模式"，因此，人类被定性：人是天主自我表述时出现的存在物，当天主自己的话语对没有天主的虚空述说爱的时候开始存在。所以圣道（圣子、圣言。译者注）的彰显，就是祂的人性所在。[①]对人的定义就这样从道成肉身为出发点，是彻底的基督中心论。不过，基督论不只是人论的原则，而且也是其目标。另一方面，卡尔拉纳也从人的发问出发，以人对天主的开放、人朝向神圣圆满的无限追求为出发点；在心灵与天主生命内在的合一中，这种开放达到最高的实现。这种合一是一种生命内在的时刻，即使是圣宠赋予人类的独一的和不可替代的恩赐。通过超验方法，拉纳希望表达，人可以达到绝对救主的理念，通过这位救主，天主无条件的自我通传被完全接纳，因此历史和人类的标记不可改变地被保留下来。在耶稣基督身上，我们发现的不只是天主确立的事实，而是天主自己，绝对救主的理想在祂身上得到实现。作为人，当他"无法被定义"的本性被定义时，就被天主接纳进入祂自己的现实中，达到了人本质中一直在朝其迈进的目标。因此，人的本质因道成肉身而被确定。拉纳希望表达，人一直是朝向基督迈进的，一旦接受了基督的信息，就会意

---

① 参考：《基本考虑》，第25页。[Cfr. *Considerazioni fondamentali*, (cfr. p.30, Nota1,cap.1), p.25.]

识到祂能够回答人的一切问题和不安。在这个过程中，拉纳担心的是需要避免把道成肉身神话化，因为这在人类经验中完全没有支撑以帮助相信。[①]拉纳尽管具有基督论的人论观念，但他并不捍卫人论的唯一出发点应该是基督论。事实上，世界史中这个不可逾越的高峰，就是我们在世界史本身中发现的耶稣基督，我们在与耶稣基督相遇之前，相遇的是人。在确认耶稣基督也是一个人之前，对人我们已经有一些认识，与耶稣基督的相遇并不排除与人的相遇。所以人论不能仅仅缩减为以耶稣基督作为最终目标的基督论，而是需要考虑到朝向其迈进的整个过程。[②]

　　卡尔拉纳的思想在天主教神学界引起了广泛的讨论，我们只是对其概括地简化一览。简练地概括这个问题就是：耶稣基督的"新"是否能够得到维护，如果假设，人通过对自己的反思，可以对耶稣基督回答的问题得出精确表述，因为耶稣基督所提供的远远超出了人们的想象，超越我们的所有期望。同时，不能忽略另一个我们提示过的方面，对于卡尔拉纳来说，耶稣基督的人性使其他人的存在成为可能，天主圣子通过自己的非天主化而使我们成为真正的人。所以，并不是人论决定基督论，而是基督论决定人论。只有在基督内，我们才有对于人的正确观念，但这并不是说，对于人的认识在与基督相遇前是没有意义的，拉纳认为，

---

① 参考：《关于信仰的基本课程》，第237–266、278–297页；"基本考虑——基督论的当代问题"，见《基督论与圣母论散文集》，罗马，1967年，第3–94页。[Cfr. *Corso fondamentale sulla fede*, pp.237–266; pp.278–297; *Considerazioni fondamentali; Problemi di cristologia d'oggi*, in *Saggi di cristologia e mariologia*, Paoline, Roma, 1967. pp.3–94.]
② 参考卡尔拉纳：《基本考虑》，第26页。[Cfr. *Considerazioni fondamentali*, p.26.]

之前的认识也是在天主的引导之下。[①]

    为了避免从人论推导基督论的危险，由于担心超验方法不能适当地强调基督彻底的新，另一位重要的神学家卡斯珀（W. Kasper）尝试将人定义为一种开放的本质，在基督内得到内容上的具体确定。人的本质可能不会如此直接面向基督，[②] 但是随着耶稣基督来到世界上，这种不确定性似乎消失了，因为人在恩宠中接受了本性的完满，人的超验自由在主耶稣基督的逾越中得到了最高的实现。在耶稣基督的死亡和复活中，构成人类最深层本质的因素，并且达到了独一无二和最高的实现：成为一个超越自我及改变自我的爱。人的本质从耶稣基督获得了一些具体的确定：作为人是获得了接纳的，人的自由在基督内获得了解放，在服从和对爱慕的开放中达到了完满。[③] 所以，一方面，耶稣基督对于那些开放的人就是确定，另一方面，在耶稣基督内这个开放达到最高的实现。因此，这个问题是合法的：如果耶稣基督只是关于人类的"一个"定义（不定冠词），祂是否意味着人性本质的完满？似乎用定冠词"是定义"更加合理，这样就提出了自从历史的开始，人与耶稣基督的关系问题。在第一亚当和第二亚当之间到底有什么关系呢？作者正是在后文中以细微的方式重新

---

① 参考：《基本考虑》，第26页。[Cfr. *Considerazioni fondamentali*, p.26.]
② 《耶稣基督》，布雷西亚，1975年，第60–65页。[*Gesù il Cristo*, Queriniana, Brescia, 1975, pp.60–65.]
③ 《耶稣基督》，布雷西亚，1975年，第267、297–299页。[Cfr. Ibid. pp.267, 297–299.]

返回这个问题。[1] 在基督内，我们发现人的末世确定，对此目标，人一直以来都是开放的。如果保禄是在耶稣基督的光照下理解亚当，同样，从亚当出发也可以看到耶稣基督的意义。因此，卡斯帕从三个方面联系基督论和人论：首先，基督论以人论为前提，人作为自由主体，有能力聆听和回答；第二，预设人有能力进取，分享基督完全新的本质；因此在基督里，人不确定的开放达到了具体的和不可缩减的确定；最后，人在基督内的确定性和最终实现，同时也让人作为罪人给予自己的自我确定产生危机，因此恩宠的信息与审判的信息不能分离。

更加直接地对耶稣基督在创世之初的意义感兴趣的可能是潘能伯格。面对一个神话概念，从时间之初的状况解释现实（圣经伊甸园的叙述）；或者哲学思维，考虑什么是真正的现实，什么并不是在初期发生了的事故，而是一直在所有的环境中延续下来的（物质和人的"本质"）。基督信仰对人赋予了一个新概念：被确定的并不是初始状态，也不是"自然本质"，而是基督的"新"，用一种根本的新人性代替了先前人类的每一种形式。不过同时，关于两位亚当的神学，要求对于起始状况进行重新解读，需要在第二亚当的光照下观看第一亚当。对于圣保禄来说，第一亚当是尘世的、可死的，而第二也是最后的确定的亚当，是天上的和不死的。只有基督，第二个亚当，根据圣保禄的观点，才是天主的肖像（格后 4:4）；人获得与天主的肖似只能通过洗礼，这联系

---

① "基督论与人论"，见《神学与教会》，布雷西亚，1988年，第202–225页。
［"Cristologia ed antropologia," in *Teologia e Chiesa*, Brescia, 1988, pp.202–225.］

着耶稣基督（罗 8:29；哥 3:10）。当然，保禄仍然保持了传统观念，据此人与天主的肖似一直是人的特征……这些观点的差异，在初期教会神学中得到了解决，认为耶稣基督是原型，"依据祂，人被'按照天主的肖像创造，如同天主的复制品'"。[①] 根据这种观点，人应该理解到历史是朝向耶稣基督彰显出来的救恩而迈进的，人自然属性的开始状况是向着这个确定的未来开放的。[②] 耶稣基督事件，不仅决定着人类的开放本质，而且使我们看到这种"本质"是从一开始就向耶稣基督带来的救恩命运开放的。潘能伯格以此作结论，因为根据保禄思想（格前 15:49），把第二亚当与肖像两个题目合一了。如果天主的真正肖像是耶稣基督，第一个亚当就不能不与耶稣基督建立联系，因为他是依照天主的肖像和模样被创造的。教会初期的神学家们所看到的，一方面不满意对于人的哲学思考，另一方面在对旧约和新约统一阅读的情况下，发现了其中延续的天主唯一的救恩计划。

在"连续"和"新"的相对变迁过程中，我们也不能忘记从第一尘世亚当到第二天乡亚当耶稣基督的跨越，除了十字架无法实现。伴同基督的新与天主的唯一计划，需要注意到新亚当使新人显示出来与带着罪的标记的旧人是对立的。由此，产生危机，

---

① "基督信仰人论的基督论基础"，见《大公会议》，9期，1973-2，第113-135页。["Il fondamento cristologico dell'antropologia cristiana," in *Concilium* 9,2(1973), pp.113-135.]

② "基督信仰人论的基督论基础"，见《大公会议》，9期，1973-2，第118页。参考：《基督论基础》，1969年，第357-361页。耶稣的子性是人的完满。[Ibid. p.118. Cfr. *Grundzüge der Christologie*, Guterslch, 1969, pp.357-361.]

就是审判，是基督对人的要求，我们有必要注意前面提到的一些作者的直觉。[①]

作为小结，我们可以对以上分析得出四个要点：

1. 一个前提：人作为自由主体而认知。从人类经验出发可以，而且应该对人类做出有效的肯定，即使无法触及天主计划的最深处。对人的论述是有意义的，神学需要接受它们。人类靠自己的理性在这个领域可能达到的内容，我们称它们为临时性的和非自然的，不是来自人类之所以存在的基础恩宠所赋予，但是恩宠并不消除人类努力的意义。

2. 一个超越：我们通过其他方式对人类所获得的一切认识，不会因耶稣基督的光照而失去可信性，相反而是会得到更加深刻的解读。作为位格和自由主体的意义，我们处于与天主的共融中。我们的自由因我们对天主的爱的回答而实现，这位天主为了我们而把祂的圣子赠予我们。在耶稣基督内，我们不只是看到我们的渴望得到满足，而是远远超出我们的预期。

3. 一个启发：这种超越并不是告诉我们现在的我们是什么状况，而是告诉我们从一开始我们被召叫应该成为什

---

① 博多尼：《拿撒勒的耶稣——主基督》，罗马，1982年，第186–228页。艾玛波恩：《人是天主的肖像》，第15–22页；国际神学委员会，"神学—基督论—人论"，见《额我略大学》第64期，1983年。[M. Bordoni, *Gesù di Nazaret Signore e Cristo*, Herder, Roma, 1982, pp.186–228. G.Iammabone, *L'uomo imaggine di Dio*, pp.15–22; Commissione Teologica Internazionale, "Theologia, Christologia, Anthropologia," in *Gregorianum* 64(1983).]

么样子。基督论揭示了人论的意义，耶稣基督揭示人类真正的本质。耶稣基督的新和不可缩减性，并不是说人类获得了其他不同于基督所呈现的确定性，或者在基督外缘可能实现人的确定性。天主的自由最高地表现在赠出祂的圣子，也意味着对祂的计划的忠诚，那是于全部世代沧桑之前决定在耶稣基督内实现的计划。祂是，而且一直是，人类唯一的确定。在创造与救恩之间，存在着天主唯一的计划（参考哥 1:15-20），尽管不能把二者混淆，也不能缩减。

4. 一个批评，这是有意义的，因为根据耶稣基督是唯一的确定，可以判断可能常常偏离此确定的人类的道路。当人类抛开天主，试图自我确认的时候，或者与天主的爱对立的时候，耶稣基督的十字架告诉我们人类错在了哪里。不过，这里包含两点：确定是事先在前的，所以我们可以对评判人类的偏离或者偏离程度给出标准。事实上，耶稣基督的出现是不可回避的"审判"，因为耶稣基督的出现和祂赋予人的确定性展示出来真实的人。同时，耶稣基督出现的这个事实所带来的不同裁决，意味着人在基督内的确定性曾经不是很容易被辨识出来的，也不是轻易能够被理解的。审判，包含的两个方面只是在表面上对立。对于解决这个问题，我认为圣依来内的观点在今天仍然有效，我们在前面已经对其进行过分析，根据依来内的思想，人类是依照天主的肖像被创造，不过只有在耶稣基督来临后，我们才知道这个定义的真正意义。

人的构成——人作为位格的和社会的存在

　　神学人论有责任捍卫基督信仰关于人的定义的独创性。在前面用了相对比较长的篇幅，我们看到，这个独创性，除非在与天主肖像条件的关系中，以及这种条件所必然涉及的与基督的关系中，才能寻求到。现在我们需要把注意力转向人自身层面，虽然不是直接参考与耶稣基督的关系，但也不是完全疏离。就是从这个问题中，将要看到天主肖像的状况如何在人类的不同维度上体现出来，以及它如何不破坏，反而整合了我们从日常生活经验中发现的人性状况的各个层面。对这些层面的研究，当然不只是属于神学领域，然而如果忽视它们，神学就等于只用形式和抽象的术语来谈论人。此外，通过与耶稣基督的相遇，在祂的光照下，同样需要注意到人与人相遇的经验，与自己相遇以及与他人相遇。

　　显然不论是旧约还是新约，都没有着意要发展一个系统的人论学说。然而同样明显的是新旧约都建议了一个人论学说，其中与天主的对话向我们见证了，至少是以含蓄的方式告诉了我们，一个关于人的概念，否则这种对话就是没有意义的。本书在讨论天主的肖像题目之前，我们已经分析了人与天主关系的重要性，及其在其他各种关系中的位置。现在我们通过分析人的构成，来了解其对于这些关系的决定性作用。

　　人们普遍认为，圣经中对于人的基本观点是看作一个完整统一的个体。对此我们这里不进入细节讨论。从新约观点出发，完全可以理解这个显而易见的统一性，因为是完整的人被召叫分享耶稣基督的复活。不过，统一并不是意味着人的存在方式是不能分为不同层面的。人，是一个宇宙式的、物质性的存在，具体来说是有身体或者说有肉躯的；然而同时，人是活的，而且是不能自我满足的，所以是有需求的，有焦渴的；拥有感觉，有态度和表达能力；有能力理性思考、反省，制定计划，做出决定；最后，也是最重要的，是有力量、有能力被天主所推动，从天主那里获得生命的力量，获得美善的灵魂。[①] 在此列举的最后，我们要说的是"精神"成果，在圣经神学和人论中具有最重要的核心位置。事实上，人的力量，并不是来自自己的某种东西，并非好像是人本身具有的。人的力量，是来自天主的力量，是天主圣神的力量使人获得能力。如果说，身体、肉躯，或者生命的概念，直接属于人类领域，那么"精神"的概念与此就不会相同。圣神，首先，而且最原始地是一个神学概念。圣神是天主性的，特别代表天主的能力。在新约中，圣神自我启示为与天主圣父和圣子紧密无分，共同完成救恩大计。不论是旧约，还是新约，尤其是在保禄书信中，对于天主圣神（大写的 Spirito。译者注）或者人的精神（小写的 spirito。译者注），及其影响力，并不是一向可以轻易明确定义"精神"这个概念的意义的，无法完全区分清楚指的是天主圣神还是在圣神影响下的人。正是因此更加表现出这个概念的丰富性，

---

① 参考：沃尔夫，《旧约人论》，奎里亚纳，1975年，第13–83页；劳雷利，《圣经人论概要》，皮埃姆，1986年。[Cfr.H.W.Wolff, *Antropologia dell'Antico Testamento*. Queriana, 1975, pp.13–83; F.Raureli, *Lineamenti di antropologia biblica*, Piemme, 1986.]

作为人类学领域的概念而进入"神圣势域"。①新约的一个普遍现象，尤其是在保禄书信中，表现出精神与肉体的对立（玛26:41；谷14:38；若3:6，6:63；罗8:1-11；迦5:16-26等）。天主的力量传递于人，成为人在耶稣基督内新生命的原则，与人肉体的脆弱相对立，在保禄书信的很多地方肉体常常也代表罪。人并不被看作是中立的，或者其所谓"本性"中的，而是在于他靠近或者拒绝耶稣基督的具体状态。

　　不论是旧约的作者，还是耶稣基督最早的追随者，都不是生活在与周围世界隔离的环境中。因此，现在让我们很感兴趣的是，希腊文化中关于人的观点，尤其是希腊人对于肉体—灵魂的特别区分，也影响了基督信仰和整个西方文化，甚至在圣经语言中也发现其回声，即使这种区分从来没有占据统治性地位。这方面在旧约中，我们常常提出《智慧书》，在新约中灵魂—肉体的对立也出现在耶稣的讲话中，比如《玛窦福音》第十章第28节："你们不要害怕那杀害肉身，而不能杀害灵魂的；但更要害怕那能使灵魂和肉身陷于地狱中的。"在《路加福音》第十二章第4-5节中则没有区分二者："我告诉你们作我朋友的人们：你们不要害怕那些杀害肉身，而后不能更有所为的人。我要指给你们，谁是你们所应怕的：你们应当害怕杀了以后，有权柄把人投入地狱的那一位；的确，我告诉你们：应当害怕这一位！"在其他场合，谈到亡者时，灵魂被用来与不死亡相联系。《默

① 参考：《新约中天主与人的关系》，巴黎，1961年，第159页。[Cfr. *Spicq, Dieu et l'homme selon le Nouveau Testament*, Paris, 1961, p.159.]

示录》第六章第 9 节和第二十章第 4 节，以及《希伯来书》第 12 章第 23 节中谈到"精神"似乎也有此意。不过普遍来说，如同对于整个新约作者，人的概念更加得到重视，在保禄书信中，他关于人的问题也围绕着肉体展开，比如《格林多后书》第十五章第 44 节。我们不能认为新约展示了希腊化特征的人论，但是教会在后来采用的灵肉区分法对圣经世界来说并非完全陌生（尽管确实在定义上有所改变，尤其是对一些侧重点的不同强调）。①

　　关于人由灵魂和肉体构成的观念，统治了希腊文化影响的所有地方，初期教会到达这里时自然也受到影响。从严格的人类学角度来看，它似乎并没有受到质疑或被认为是错误的。不过，它们常常被看作有所欠缺，而需要给予重新解读。

　　我们已经讨论过人自从被创造之初，作为天主肖像状况下的特征。这样的概念必然会对全部人论产生影响，尤其是如果像第一批拥有基督信仰的思想家们那样，将之与基督论和耶稣复活的救恩信息关联起来的时候。这样建基于保禄书信的坚实基础上，许多作家比如尤斯丁、依来内、德尔图良等等，把人的问题首先

---

① 　新约人论方面参考：道岑贝格，《灵魂，拯救你的生命》，慕尼黑，1966 年；桑尼曼斯，《灵魂，不朽与复活，论希腊文化和基督信仰中的人论和末世论》，赫德弗莱堡，1984 年，第 292-354 页；甘德里，《圣经中对于肉体的观念，着重于保禄人论思想》，剑桥，1976 年；培纳，《天主的肖像》，第 61-88 页。（这一部分也可以参考，肖恩慧：《人的精神与神圣精神》，宗教文化出版社，第 41-47 页；《神学人论》，宗教文化出版社，第 240-258 页。译者注）[F.Dauzenberg, *Psyché, Sein Leben bewahren*, München, 1966, H.Sonnemans, *Seele. Unsterblichkeit-Auferstehung, Zur griechischen und christlichen Antropologie und Eschatologie*, Herder Freiburg, 1984, pp.292-354; R.H.Gundry, *Soma in Biblical Theology. With Emphasis in Pauline Anthropology*, Cambridge, 1976; Ruiz de la Pena, *Image de Dios*, pp.61-88.]

作为对肉体的关注，它才是人最需要获得拯救的部分，针对肉体，在复活中天主展示了特殊的力量。初期教会面对希腊文化思想，那里把人确定为灵魂的存在，而在基督信仰环境中，发展出对灵魂和肉体统一性的强调，灵魂和肉体都是人必不可少的组成成分。[①] 所以，灵肉根本上的统一性成为出发点。

我们还需要强调初期教会作家们关于人的概念，在圣经和基督信仰启发之下的新特之处的另一个要点，那就是关于"精神"的观念。前面我们在圣经神学中已经看到一些"完美的"人（或者翻译为中文通常说的"圣人""完人"。译者注），不只是拥有肉体和灵魂，而是肉体、灵魂和精神。其中精神元素，在神学—人论领域，它是超越的、神性的，是人达到"完美"必不可少的要素。[②]

即使所有这些贡献不是全部被遗忘，但是我们必须承认，在教会历史上很长一段时间以来，至少是看起来，关于人的学说中，其基督特征和神学特征被淹没了。长期以来普遍被接受的观点是，人是理性动物，由灵魂和肉体组成，灵魂对肉体拥有明确的主导地位，甚至在某些情况下灵魂被认为是人的唯一要素。[③]不过肉体或者物质世界并不被歧视，即使将相对次要的位置给予

① 参考：《论复活》8；奥尔布，《人的定义》，第538页。[Cfr. De resurectione, 8, da A. Orbe, La definicion dei hombre, p.538.]

② 参考：奥尔布，《圣依来内关于人的观点》，第67页。[Cfr. A.Orbe, Antropologia de san Ireneo, p.67.]

③ 参考：圣安布罗斯，《考证》第六卷，第7、42–43页。[Cfr. San.Ambrogio, Exam, VI pp.7,42–43.]

身体。但是无论如何，我们需要承认，柏拉图思想模式强烈地影响了基督信仰的表述。

圣托马斯的模式是，把灵魂作为肉体不可分离的唯一形式（*forma* 也可以翻译为"塑形者""塑形的力量"，在这里沿袭惯例翻译为"形式"。译者注），毫无疑问他的思想巨大地影响了基督宗教的人论。人作为统一整体的存在，由二者具有区别的灵魂和肉体两个要素共同组成。托马斯的这个观点阻止了把两者中的任何单独一个元素可能看作"人"的倾向。托马斯的结论对后续的神学思想产生了决定性影响，甚至出现在某些官方训导中，尤其是维也纳大公会议文件中（1312 年，DS900，DS902）采用了与其非常雷同的方式。[①] 这个灵魂不是全人类共有的、相同的，而是个人的、理性的、智慧的和不死的（拉特朗第五次大公会议，1513 年，DS1440）。整个教会普遍承认人的灵肉统一观点，但是同时，面对与创造论无法融合的，把物质世界看作负面存在的二元论思想，教会也坚决反对任何一元论迹象，不论是缩减为唯物主义还是唯心主义去看待人。此外，教会同时强调个人的超越性命运，因为人的灵魂依据其本性是不死的。

通过上面这个简短的历史撮要，我们分析了教会教导的基本线索，有助于我们从不同于单纯的哲学方面，而是从基督信仰方面来观察关于人的问题的不同维度。具体来说，在圣经—教父学范围的人论中，关于"精神"的概念远比流行的"精神性的灵魂"

---

① DS902。这当然不是说托马斯的观点是最终的定论，不过神学家们基本上看法一致，这个观点与教会训导中关于人的内容也一致。

更加丰富得多，即使有可能后者接纳了前者的某些内容。

　　对于这个问题的当代思考中，神学，不可避免地面对各种科学领域关于人的探索。很明显，在这个层面上，不是神学需要回答的，即使同样清楚的是，将所有的人类生命过程缩减为生物或者完全是大脑运行的物理层面的纯粹唯物主义的解决方案，这与基督信仰对于人类的愿景根本不相容。① 面对各种各样关于灵魂—肉体关系的不同学说，及与其相关的学说（理性、大脑等等），只要不损伤人类的特殊性和不可简化性，也就是在保留对人的使命和超越性原则的开放的情况下，神学家最好不要仓促答复。

　　在神学和当代思想中，强调人不是"有"一个灵魂和肉体，而是"是"灵魂和肉体。它们是作为"这个人"的灵魂和肉体，是"一个人"，这个统一性应该是基本原则。只有以此为出发点，才有可能区分这两个层面或者领域，而不会有任何时刻的分离。② 人是肉体的，所以存在于时空当中，属于这个宇宙的一部分，会走向其死亡；人是灵魂的，超越于这个世界，是不死的。二者都有意义，因为人是一种为了天主而存在的生命，最后的根本是天主。在人的生命中存在着不可缩减为纯粹物质和世俗的层面，这

---

① 　参考：培纳，《天主的肖像》，第114–128页；《新人类学——神学面临的挑战》，桑坦德，1983年，第133–199页。[Cfr. Ruia de la Pena, *Imagen de Dios*, pp.114–128; *Las nuevas antropologias. Un reto para la teologia*, Sal Terrae, Santander, 1983, pp.133–199.]

② 　参考：祖比里，《关于人的问题》，马德里，1986年，第57–65页。关于灵魂的问题查看培纳："灵魂导论　四个讨论和一个结语"，见《教会研究》，64期，1989年，第377–379页；索内曼斯：《论灵魂》，第470–529页。[Cfr. X. Zubiri, *Sobre el hombre*, Alianza, Madrid, 1986, pp.57–65; J.I. Ruiz de le Pena, "Sobre el alma. Introducion, cuatro tesis y un epilogo," in *Estudios Eclesiasticos* 64(1989), pp.377–379; H.Sonnemans, *Seele*, pp.470–529.]

是与肉体现实在本质上不同的层面。基督信仰坚持这种不能让步的观点，因为只有如此，人作为天主的肖像这个视野，被召叫在道成肉身的耶稣基督内与天主共融，与复活者耶稣基督合一才有意义。

在稍微前面一些我们谈到"精神"（*spirito*）这个词的概念，在严格的意义上，这个词汇属于神的领域，根据一些教父的观点，属于圣人、完人。我们曾经指出有必要重建这一层次，即使与"精神性灵魂"（*anima spirituale*，更加明确一些可以翻译为"具有神性精神、崇高精神的灵魂"，二者主词不一样，一个是精神，一个是灵魂。实际上，意大利文 *spirito*、英文 *spirit*、法文 *esprit*、德语 *Geist*、拉丁文 *spiritus*、希腊文 *pneuma*、希伯来文基本对应 *ruah*，它们对应中文的"精神"一词；而意大利文 *anima*、英文 *soul*、法文 *âme*、德语 *Seele*、拉丁语 *animus*、希腊文 *psyche*、希伯来文可以基本对应 *nefes*，它们对应中文的"灵魂"一词。所以显而易见，对应中文翻译"灵魂"一词的是"心理学"，英文是 *psychology*，来自希腊文，在教会传统中可以基本上对应"灵魂论"，拉丁文是 *De anima*，但是教会传统中的这个领域与现代心理学也是不能等同的；而中文翻译成为灵修学的词汇实际上意大利文是 *spiritualità*、英文是 *spirituality*，所以教会现在翻译中的灵修和灵修学应该翻译为神修学，在更早一些的翻译中其实出现过"神修"这个词汇。而 *Pneumatologia* 是圣神论，词根来自希腊文，教会传统中可以相关联的学科是恩宠论，拉丁文是 *De Gratia*。详情可以参考：肖恩慧，《神学人论》，第 *236-274* 页；《圣神论》《人的精神与神圣精神》。译者注）相关，但是二者不能等同。① 我们所认知的人的精神性，不只是来自作为人的本质现实的灵魂，而且来自在天主圣神（大写的 Spirito。译者注）内召叫与其共融的人的精神（小写的 spirito。译者注）。事实上，根据基督信仰对人在这个世界上的超越地位的看法，与天主对话和与天主共融的维度是至关重要的、本质性的。这并不是指面对这个世界，人作为灵魂生命，其相对于万物简单的超越性，而是在于人与天主共融，"与耶稣基督站在一起"，面对面看到天主。这些都是我们以上所分析的关于人的超越本质方面各种不同的表述方式。不同的天主教神学家都非常强调这一点。这当然不是将对话层面或者关系层面与本体论对立，或者相反。尝试在它们的统一中把两个因素分开考虑是合法的：天主可以精确地创造一种生命，作为召叫他与天主自己共融的存在，并且赋予他能够回应这个召叫的所有特质和"本性"。近期有些神学家做了类似的表述。② 很明显，这样说的时候，我们需要注意到，人在使用自己的自由时，可以接受或者拒绝这个提供给他的神圣共融，当然，第一步

① 参考：莫特曼，《创造中的天主》，第303页。[Cfr. Moltmann, *Dio nella creazione*, p.303.]
② 佩什：《天主与人的自由》，见图辛《灵魂——基督宗教末世论问题》，弗莱堡，1986年，第192–224页，第215页："依靠分享天主圣神而使得人成为人，这恰恰是天主创造者的工程（为了进一步了解这个概念，请参考第213–215页）。我们不能认为：天主首先是通过一个行为'创造'了精神，'然后'通过另外一个特殊的行为，开始与人类共融，而是，创造精神与共融是同一个起始行为。"也可以参考：布拉佳，《灵魂的救恩》，见《共融》93期，1987年，第3–16页。[O.H.Pesch, "Gott–die Freiheit des Menschen," in W. Thüsing (hrsg) *Seele, Problembegriff christlicher Eschatologie*, Herder, Freiburg, 1986, pp.192–224, 215: R.Brague, "L'anima della salvezza," in *Communio* 93 (1987), pp.3–16.]

是天主主动做出的，也就是召叫人与天主共融这个事实，自从一开始就决定了人的存在，并且遍及人所有的各个层面。人，是自从一开始就被天主圣神（*Spirito*）召叫的一种生命存在，同样是这个召叫构成人的精神性的灵魂（*anima spirituale*）。因此，如果不接受天主圣神，人将是不完美的。显然，这个因素，既然属于天主的领域，必然是超越的。然而这并不是说，祂不属于人之为人的构造中的本质成分，天主创造的这种独一无二的人类生命，从来不是处于、也永远不会处于一个所谓的"纯本性"状态。只有超越自己，才能够实现完美，这是人类生命的悖论。因此，这不是将本体论与对话相对立的问题，如我们刚刚在前面所看到。这两个维度是相互牵连，互相涵盖的。

在精神性灵魂和与天主的关联之间，二者有着内在的密切联系，我认为，这对灵魂来自天主的直接创造，给予了最令人满意的探索方向（显然不是解决方案），这在教会训导和传统中一再被肯定。我们提出这个问题，是因为对这个真理的有些解读，可能而且事实上已经在制造困难：可能在对人的看法上，不只是为二分法，而是为二元论留下空间（轻视肉体，认为肉体不是被天主直接创造等等）；天主在与第二因相同水平上的直接和绝对干预的问题等等。[1] 有效因与"个人因"[2]的结合模式，可以更加确然地支持天主在创造人类行为中的独特性。我认为，重新发现"精

---

① 参考：卡尔拉纳，《人性化的问题》，莫塞利亚纳，1969年。[Cfr. K.Rahner, *Il problema dell'ominizzazione*, Morcelliana, 1969.]

② 参考：祖比里，《人与天主》，马德里，1984年，第205页。[Cfr. XZubiri, *El hombre y Dios*, Alianza Editorial, Madrid, 1984, p.205.]

神"的神学意义，而不只是形而上方面的价值，可能给予神学人论巨大的帮助。

人，因其精神境况和灵魂，才是不死的。前面我们谈到，人的命运是与复活的耶稣基督的形象合一。毫无疑问这是基督信仰信息的核心。那么问题就来了，需要考虑灵魂永生的观念在这种情况下占据什么地位。事实上，灵魂永生的观念与复活的问题并不对立，而是在某种程度上作为其前提：确保死而复活的人的身份，使得天主因其圣神的力量对死者介入时，不会是简单地从"虚无"中再创造一个我们不可能认识的自己。正因为天主创造我们时，赋予我们的灵魂是不死的，才可能复活我们真正的，在全部领域属于我们自己的自己，即使对于人可死亡的和可能堕落的本性获得升华也是如此。这样，不死与复活的远景联系在一起。从基督徒的观点来看，"不死"因着其与复活的关系才有了意义。[①]

人，在本质上统一，在层面上多样，拥有与作为天主肖像的条件吻合的构造，这些为了使人达致完满提供了可能性，而这总是来自天主的恩宠，被引导成为天主的肖似者。从这一点来看，就可以理解为什么天主教一直坚持，不论人如何受到罪的影响，总是保存着天主的肖像不变，在其中，人可以找到真正的自己。人一直保持着被召叫与耶稣基督合一的使命，因为一旦泥土在耶稣基督这个模型中被塑造时，就已经是天主的样式（*forma*）。显然，这个形象不会因为罪而改变本质。实际上，这样，不论人走

---

① 参考：桑尼曼斯，《论灵魂》，第361–463页；培纳，《天主的肖像》，第149–151页。[Cfr. Sonnemans, *Seele*, pp.361–463; Ruiz de la Pena, *Imagen de Dios*, pp.149–151.]

多么远，都将能够辨认出他所来自的模型。

人被召叫与耶稣基督的形象合一，正是当人在本质上就是被召叫与祂合一的构造，才成为"位格的"（*personale*）（西方语言中，"人"是名词，"位格"是名词或者形容词。*persona* 在中文翻译为"人""位格"，*personale* 翻译为"位格的"；语法中的变格、变位就是这个词。人就是有位格的，有位格才是人，意思是有理性、自由意志与情感的生命存在。所以意大利文 *persona*、英文 *person*，指个体的、个性的，侧重于强调个人特质，可以翻译为人，但是不能翻译为人类，其实这个词正是来自拉丁文的"角色""脸谱"，他们当然是个性化的。可以翻译为"人"或者"人类"的另一个词汇是意大利文 *uomo*、英文 *man*，相对来说着重于生物学意义，当然这个词也指男人，仍然是类别含义。所以中文"人"在西方语言中有两个常用词汇，或者甚至三个词汇：意大利文 *uomo/persona*，英文 *man/person*，德语 *mann/person*，法语 *homme/personne*，拉丁文 *vir-homo/persona*，希腊文 *anthropos*（类）*/prosōpon*（个人）*-ipostasi*（个人内在精神生命），希伯来文 *ish/adam*，含义有些差别，经常混用，但是也有不能混的场合。人类学这个词汇如同心理学或者圣神论的名称都是来自希腊文。译者注）。人之为人（*persona*），是"位格"（persona）生命，这不是附加给人的，而是人之为人的本质。人不是"什么东西"，而是"谁"。这个词汇本身告诉我们，人与周围的其他存在是不一样的。教会的教义坚持认为，灵魂是天主直接创造的，这是为了强调每一个人的独一无二，而不是一个物种中无名的可有可无的偶然。

　　人是"位格的"（*personale*）生命，意味着，人是一主体，是自己的主人，是自由的，可以用创造性的方式实现自己。我们不要忘记，"人"（*persona*）这个概念进入神学和基督信仰的思想中，不是源于人类学，而是源自基督论和三位一体论。圣父、圣子、圣神拥有同一的神性。这样确保了唯一神论，这是基督信仰所坚持的，但是耶稣基督启示给我们，祂是天主圣父的独生子，圣神把救恩工程带入完满实现。这"三位"是生活在彼此的关系中，这种关系正如名字所指示出来的那样。耶稣基督拥有神性和人性，但却是一位，因为是不可分割的一位主体，对于圣父来说是一位"你"，是唯一的永恒圣子"你"。对于位格人的传统定义来自著名的波爱修斯（Boezio），后来由托马斯继承，尽管有些许改动，他们都强调其理性个体、独一无二、不可融通（*incomunicabilità*），处于相对"独立"中。我就是我，不是任何其他人，独一无二的主体。对于这个定义，需要注意到其中关系性的缺乏，而三位一体却正是从关系出发而定义的。因此，在当代思考中，同时强调构成人的两个方面，独立个体、自我拥有，以及朝他人的开放、可以沟通分享（*comunicabilità*）。这两个方面都是人本质的基本和首要方面。我和你彼此互相牵连。所以我们不能忘记我们从本书的开始就追寻的神学远景，在耶稣基督内，人类就是天主的"你"。天主召叫人通过耶稣基督与祂共融，在这个召叫中，我们的位格存在达到完满，这也同时确定了我们的独一无二特性及关系性存在。

正是基于此，巴尔塔萨发展了他的关于"位格人"的概念，而与"精神主体"区分。① 只有当天主告诉一个精神主体他对于他自己是谁，他对于天主有什么意义时，我们才可以说自己是"人"（位格）。借此，天主把人升举起来与祂共融，这决定了人独一无二的本质。通过耶稣基督，人获得"神学定义"（第三卷，第 191 页），这个召叫和这个定义意味着人获得一个"使命"，在神—人"戏剧"中扮演一个角色。耶稣基督从圣父那里领受的使命，祂完满地实现了，祂获得了圣父对祂说祂是谁的肯定："你是我的爱子"（第三卷，第 194 页）。从耶稣基督开始，祂获得了圣父的定义和普世使命，并且从圣父那里完全认同自己，因此，适用于众人的"人（persona）"这个概念得到了意义：谁分享耶稣基督的使命，谁就是位格人。显然，对于人类，将不会如同在耶稣基督身上那样"存在"与"使命"完全合二为一。人是因着分享耶稣基督的使命，而被举起成为"人"（persona），这为个人使命独一无二的特性留下空间（第三卷，第 190、252 页）。"人（persona）"这个概念，对于巴尔塔萨来说，是来自耶稣基督，所以只有在耶稣基督的环境中，人才被解读和接受为天主的仆人。因此，教会将是真正的位格与位格（persona-persona，人与人。有独立个性特征的人，不是泛泛的人类中某个偶然。译者注）之间的共

_____

① 　巴尔塔萨在《天主的戏剧》第二卷和第三卷中发展了他的人论思想。（关于 persona "人"的词义相关问题也可以参考：肖恩慧，《神学人论》，第299–302页；《人的精神与神圣精神》，第217–239页。译者注）[H.U.von Balthasar, *Teodrammatica*.]

融，建基于三位一体上的共融（第三卷，第 389 页）。[①]

人自我拥有，因此在自由中实现自我。自由来自人的本性，来自人的愿望，以及尚待实现中的趋势，这要求人面对现实。人通过这样做，就顺应了他自己，符合了他本身结构中的自然倾向。因此，自由并不是在这个或者那个成品中选择的能力，不是对于外在于自己的这个或者那个东西的选择能力，而是选择我们自己的能力，对于我们自己的存在（所是）的选择能力。矛盾的是，这种能力意味着可能破坏我们自己的自由。[②] 从神学上谈论人的自由，是针对原始的天主的自由的回答。我们用自己的自由，决定在天主面前塑造我们自己，那就是我们的终极真理。鉴于人类自由的神学特征，除了耶稣基督的自由，我们没有其他范本，也没有其他基础，而耶稣基督的自由的特征是爱全人类直到死。如果耶稣基督，前面我们谈到，是人的完美，那么我们被赋予的自由，就是能够把我们带入与祂合一的自由。通过耶稣基督赋予我们的圣神（格后 3:18），我们就可以分享这超越的自由，这是恩赐，而不是赢得，允许我们解放自我，效法耶稣基督的生活。造物建基其上的原始的神圣自由不是别的，就是天主的爱，从天主发出，赠予造物。在作为天主的圣子来到世界上的使命中，和作

---

① 　巴比尼：《巴尔塔萨的神学人论》。 对于每个人的自然个性特征请参考巴尔塔萨的《天主的戏剧》第二卷，第378页。[E.Babini, *L'antropologia teologica di H.U.von Balthasar.*]

② 　参考：祖比里，《关于人的问题》，第545–671页；卡尔拉纳，"关于自由的神学"，见《散文新集》，保禄书局，1968年，第297–328页。[Cfr. X.Zubiri, *Sobre el hombre*, pp.545–671; K.Rahner, "Teologia della liberta," in *Nuovi Saggi* I, Paoline, 1968, pp.297–328.]

为人的耶稣基督对天主这个计划的接受中，正是在这样的天主的自由之基础上建基了我们的自由，而且面对天主的这种自由需要我们回答，这在耶稣基督身上得到了最高的实现。

人作为位格存在，便也打开了自己的社会层面。面对独一无二和自我拥有的他人，这是一个如此基本的要素。在《创世记》起始部分就告诉我们，人性的社会层面属于我们的本质成分。而面对他人的第一个和基本的元素就在于，人是有性别的存在。[①]圣经教导肯定了我们的日常经验，各种人类学科研究也如此证明。在我们目前如此非位格化的社会中，这反而增加了相互依赖的程度，人们感觉到，在这个常常被无名化的社会关系中，有必要"位格化（Personalizzare 人化）"。不过，基督信仰的神学思想，除了注意到这种倾向，还告诉我们，人类的这种社会关系需要观照人与天主的关系。从积极的方面来看，首先可以注意保禄思想，他把教会比喻为基督的奥体，每个人的职务和神恩不同，但是都为了团体的益处。我们与耶稣基督的合一，以及我们对祂的生命的分享，也是"社会属性"的发生。在圣体圣事中，所有的人与耶稣基督合一，分享共同的饼和酒，这时社会共融达到高峰。如果缺乏人与人之间的共融，那么我们无法考虑永生。从消极方面看，可以反省原罪论，它告诉我们，人与天主之间关系的破裂导致人与人之间关系的破裂。顺着这个线索可以考虑到"罪

---

① 参考：施耐德，《神学人论中关于男人和女人的基本问题》，弗莱堡，1989年。[Cfr. Th. Schneider, *Mann und Frau-Grundproblem theologischer Anthropologie*, Herder, Freiburg, 1989.]

恶的结构"等等。关于人类的社会性各个方面的神学意义，在后面的章节中我们会继续分析。在这里我们只是强调所有的这些，都是扎根于人的本性结构中。

第四章 关于超性的问题

　　基督信仰中关于人论的基本要点，我们用寥寥几页来结束这个简短回顾，超性问题也许今天在神学讨论中不如几十年前那么活跃，但它从未失去其神学重要性。这些问题并不是人为设置的。在考虑到人类生命是以天主的肖像被创造的生命存在时，我们就遇到了超出单纯地把人类看作受造物的方面和维度，必然会进入神学思考的范畴。事实上，如果受造物的定义来自他彻底的依赖性而与天主不同，那么很明显，人类与天主的关系就不会是前面我们看到的那样。我们一直强调，在人类与天主的关系中，一个本质性的维度是通过耶稣基督，被召叫与天主共融。这超出了通常给出的创造或造物的定义，或者，如果我们更喜欢用传统术语来表达它，那就是这超越了人类的"本性"。不过我们需要补充指出另外一个注意点：这个超越受造状况的层面，通过圣子耶稣基督和圣神与天主产生关系，从而使我们与神性生命环境相联系，但是这并非外在于人类生命本质，并不是在一个已有的达到完美的构造之外附加的内容。我们希望通过前面的分析已经指出，问题实际上恰恰相反。我们面对的问题是：人类生命存在的维度中，与天主关系的各个方面都超越他作为受造物的存在或人类本性在任何情况下自己所具有的范畴。同时，天人关系的一切层面，都是人之为人的本质属性，构成天主对于我们的计划的核心。甚至，如果假设没有将我们与天主及祂的生命直接联系起来的这些方面，我们就只能参考与我们拥有某些相似特征的其他生命存在，用非常抽象的术语来指代"人类"。但是我们的出发点，应该是我们所是和所熟悉的"人类"，被召叫与天主共融的人类，创造主特别爱了的唯一生命存在。

历史简索

对于人类的生命存在，我们需要区分天主的恩赐所具有的多种成分，以及恩宠的不同层面。作为受造物，我们的存在已经是纯粹地来自天主自由的赠予，没有任何人可以对此自诩有"权利"；此外，我们是在耶稣基督内、为了耶稣基督而受造，而且我们唯一的命运是分享天主自己的生命。这两个层面之间的张力，在圣经和传统中都可以找到依据，即使不是很明显。好像是托马斯，或者他是最早的作者之一，明确了这种格式。当涉及完满，或者"恩宠"的礼品，托马斯认为它"既不属于本性，也不属于功劳"。这样区别了两种无偿恩赐，一种是"本性"的，可以说清楚，可以很好地理解，属于某些"必须"（比如，如果一个人，不能使用理性，或者机体某些部分欠缺或者不健康，缺少本该有的状态）；一种是恩宠环境，完全来自天主的自由赐予，不属于任何类型的必须。① 圣托马斯沿袭传统也肯定，如果不是在神性本质的视野中，人就无法达到完满幸福，也无法实现其终极目标。② 同时他非常清晰地确认，只有在恩宠中，人可以达到永恒生命的终极目标，而不是依靠本性的力量。似乎为了预防以后的反对意见，也就是说这种观点从某种意义上可能暗示着人类的不完美，托马斯补充说，人类本性也可能达到完美，不过需要外部帮助，而天主自己是最高贵的帮助，可以达到任何其他方式都无法实现的目标。③ 托马斯的概括，和谐了各种不同的要素使彼此之间保持统一，清晰明确地肯定了人类唯一的终极目标本质，那就是天主自己。这个目标，如果缺乏天主的恩宠，人是无法达到的，所以这是一个"超性"目标。同时，他针对无偿恩赐的双重秩序给予直接反省。尽管如此，长期以来神学界并没有对此找到平衡。区别无偿恩赐的双重环境，本身是正确的，也是必要的，

---

① 参考：《神学大全》第一卷，问题111；214。[Cfr. *STh* I q. 111,a,1:*Comp.Theol.*1:214.]

② 参考：《神学大全》第一卷，问题12；73；104。受造理性需要看到天主，否则不可能达到幸福，或者会把其他事情虚假地当作幸福，而不是天主，那将不是信仰。[Cfr. STh I q.12,a,1；I q 73,a2；I–II q.3,a,8; CGIII 25,37,49–52,57; *Comp.Theol.* I,104.]

③ 参考：《神学大全》第一卷，问题12；109；114等。阿尔法罗：《自然与超自然：从圣托马斯到卡耶塔诺斯的历史研究（1274–1534）》，马德里，1952年。近期的参考资料有瓦内斯特："圣托马斯与超性问题"，见《鲁文大学神学出版表》，第64期，1988年，第348–370页。关于近代相关讨论的概要可以参考：尼诺，《基本神学规范——三位一体的奥秘》，萨拉曼卡，1989年，第57–62页。[Cfr. STh I q.12,a.4–5; I–II q.5.a,5; q.109,a.5;q.114,a..2. J.Alfaro, *Lo natural y lo sobrenatural. Estudio historico desde santo Tomas hasta Cayetano* (1274–1534), Madrid，1952; A.Vanneste，"Saint Thomas et le problème du surnaturel," in *Ephemerides Theologicae Lovanienses* 64(1988)，pp.348–370. S.Pie Ninot, *Tratado de Teologia fundamental, Secretariado Trinitario*, Salamanca 1989, pp.57–62.]

但是实际上这导致了一个从人类"本性"出发的对人类的定义，而消泯了人的本质存在中与天主更加直接的那些关系层面，使得这种关系在人的构造中不再具有任何突出的本体论意义。出发点不再是实际存在的人类，而是抽象的人类本性的概念，它可以在恩宠的提升中实现自己，也可以不需要恩宠。如此，"人类"的概念，可能囊括了现实的存在和不可能的臆想。

以此类推，"本性"在自身的秩序内也需要一个相应的"完美"。其自身应该有合适的方式使其实现各种目标。如果这样的话，就不能说人有看到天主的愿望，因为很明显这种目标的实现只能来自天主的恩赐，需要恩宠的帮助。根据卡耶塔努斯（Cayetanus）的观点，只有当人在实际上已经被天主召叫进入荣福直观，已经被提升到恩宠中，人才可能获得这种愿望，只有这样才可以说是"本性中的（naturale）"渴望。[①] 同样需要反省的还有苏亚雷斯的观点，他认为在人性中没有对超性幸福的渴望，确切地说是在本性中没有这个潜能。假如存在这种渴望，可能会发生的也只不过和其他任何"骚动"一样，它们实际上并不会导致所想要的结果，对于没有实现内心深处渴望的人也不会导致不安。[②]

在这个天主教界的概念环境中，其背景毫无疑问是为了保

---

① 《神学大全》第一卷，问题3。渴慕是深植于人本性中的被天乡的召叫。

② 参考：苏亚雷斯，《论人的终极命运——关于真福的渴望》。[Cfr. F. Suarez, *De ultimo fine hominis, De appetitu beatitudinis*.]

护恩宠赠予所具有的无偿性，超性是无偿的，不能将其认为是人创造的结果。1567 年比约五世教宗绝罚巴依乌斯的观点，就是这个道理。我们引用其中最重要的一句话："人性被提升和举起到神性团体中，是整合在最初的创造中的，所以应该说是本性的，不是超性的。"（DS1921）面对恩宠双重秩序的混淆，表现了这样一种趋势，不仅需要区分"本性"和"恩宠"，而且要尽可能地考虑到前者是完整的和自给自足的。如此就发展起来"纯本性"这个概念，它指不提升到超性秩序中的人本性中拥有的美善。此外，甚至认为可以足够精确地定义这种纯本性的内容是什么。它已经被等同于人在犯罪堕落之后所处的状态：堕落的人和纯本性的人之间存在的区别将是"脱光衣服和赤裸"（tamquam spoliatus a nudo 仿佛脱光了衣服）之间的区别。但是，这些寻求对本性的内容和属性给予定义的尝试（为了消除对提升至超性秩序的"需求"的任何疑虑，这不可避免地会损害超性的无偿特质），其结果是，超性秩序似乎是不应该的，同时似乎也是外在于人的存在的，似乎不属于人本有的。事实上是在讨论人类本性的目标，以及达到这个目标的某些方式。这导致了一个出乎意料的不希望的结果，那就是人可以无视天主而只做他自己，不需要与天主建立亲密关系就可以自我实现。德鲁巴克认为，由于这些原因，这个神学概念实际上推动了世俗主义的发展。①

近期的问题

从几十年前开始，天主教神学界开始对过去几个世纪占统治地位的概念感到不满意。这种反应首先是针对外在主义，他们把超性缩减为一种与生命没有直接关系的高层计划。教会重新发现了圣托马斯关于本性渴望看到天主的学说，并为这个问题的新设置赋予了动力。②从愿望到迈开步伐当然是微妙的，给人的印象是一些天主教神学家已经这样做了。1950年比约十二世教宗在通谕《人类生命》（Humani Generis）中介入了这个问题，他警告说，认为天主不可能创造具有智力的生物而不召唤和命令他们进入荣福直观，实际上是否认超性秩序的无偿（DS3891）。在此前后时期，以及在这个训导文件之后，就这个参考点写作的文章中，这个问题都进入了当时天主教主要的神

---

① 参考：德鲁巴克，《超性的奥秘》，米兰，1978年，第42页；《奥古斯丁主义与当代神学》，米兰，1978年，第282页。[Cfr. H.de Lubac, *Il mistero del soprannaturale*, Jack Book, Milano, 1978, p.42; *Agostinismo e teologia moderna*, Jack Book, Milano, 1978, p.282.]

② 需要注意布隆德尔的影响，尤其是他的著作《行为》，1893年；参考：布拉德，《布隆德尔与基督宗教》，巴黎，1961年。[M.Blondel *L'action*, 1893; Cfr. H,Boullard, *Blondel et le christianisme, du Seuil*, Paris, 1961.]

学家们广泛的辩论范围。①

这种讨论一直持续到今天，即使活跃程度降低了。我认为可以提出以下几点作为总结，我们不进入具体辩论细节：

1. 不需要从"纯本性"概念下的抽象人类作为出发

① 相关研究参考资料非常丰富，不论是论文还是教科书。我们简略提供几个：罗赛洛，《圣托马斯的理性主义》，巴黎，1924年；布罗意，"关于超性在圣托马斯哲学中的地位"，见《宗教科学研究》，第14期，1924年，第193-246页；"关于超性的所在"，见《宗教科学研究》，第14期，第481-496页；"超性提升的奥秘"，见《新神学》，第65期，1938年，第1153-1176页；"人类被提升到的超性秩序的恩宠"，见《额我略大学研究》第29期，1948年，第435-463页；奥玛尼，《圣托马斯·阿奎那哲学中天主的愿望》，杜宾，1929年；朗戴，"关于纯本性的问题及十六世纪的神学"，见《宗教科学研究》第35期，1948年，第80-121页；"奥古斯丁主义与当代神学——超性的奥秘"，见《关于本性与恩宠的小教理》，巴黎，1980年；马列维斯，"圣神和对于见到天主的渴望"，见《新神学》69期，1947年，第3-31页；"超性的恩宠"，见《新神学》75期，1953年，第561-586、673-689页；卡尔拉纳，"本性与恩宠的关系"，见《超性在人论中的问题散文集》，罗马，1969年，第43-79页；"本性与恩宠"，见《超性在人论中的问题散文集》，第79-112页；巴尔塔萨，《卡尔拉纳的神学》，第283-323页；"本性问题在神学家的表述中"，见《天主教神学杂志》，第73期，1953年，第452-461页；阿尔法罗，"超性的超越与内在"，见《额我略大学研究》38期，1957年，第5-50页；"关于恩宠之超越性和内在性的神学问题"，见《基督论与人论》，第256-387页；贝韦努托，"对超性奥秘的思考"，见《神学评论》，第30期，1989年，第331-352页。[P. Rousselot, *L'intellectualisme de saint Thomas*, Paris, 1924; G.De Broglie, "De la place du surnaturel dans la philosophie de saint Thomas," in *Recherches de Sciences Religieuses* 14(1924), pp.193-246; "De la place du surnaturel. Precisions theologiques," ibid. pp.481-496; "Le mystere de notre elevation surnaturelle," in *Nouvelle Revue Theologique* 65(1938), pp.1153-1176; "De gratuitate ordinis supernaturalis ad quem homo elevatus est," in *Gregorianum* 29(1948), pp.435-463; J.E. O'Mamony, *The Desire of God in the Philosophy of St. Thomas Aquinas*, Dubin, 1929; H.Rondet, "Le problem de la nature pure et la theologie du XVI siècle," in *Recherches de Sciences Religieuses* 35(1948), pp.80-121; "Agostinismo e teologia moderna, Il mister del sopranaturale," in *Petite cathechesesur Nature et Grace*, Paris, 1980; L.Malevez, "L' Esprit et le desir de voir Dieu," in *Nouvelle Revue Theologique* 69(1947), pp.3-31; "La gratuite du srnaturel," ibid. 75(1953), pp.561-586, 673-689; K.Rahner, "Rapporto tra natura e grazia," in *Saggi di antropologia sopranaturale*. Paoline, Roma, 1969, pp.43-79; "Natura e grazia," ibid. pp.79-112; H.U. von Balthasar, *La teologia di K.Rhaner*, pp.283-323; "Der Begrif der Theologe," in *Zeitschrift fur katholische Theologie* 73(1953), pp.452-461; J.Alfaro, "Trascendencia e inmanencia de lo sobrenatural," in *Gregorianum* 38(1957), pp.5-50; "Il problema teologico della trascendenza ed immanenza della grazia," in *Cristologia e antropologia*, pp.256-387; E. Bevenuto, "Considerazioni sul mistero del sopranaturale," in *Rassegna di Teologia* 30 (1989) ,pp.331-352.]

点，而应以实际存在的具体人当作出发点，在人的生命存在中，通过耶稣基督与天主共融的圣召构造不是边缘性的或次要的。我们已经作过反省，人类是依照天主的肖像被造，被召叫与耶稣基督完美合一，因为自从创世之初，第一亚当就携带着第二亚当的压模。所以对于人类来说，不存在其他目标，这个目标对于人类本身的存在，既是内在的同时也是超越的。人内在的完美只在天主内，没有其他。所谓的"超性"问题，根本上是人作为依照天主的"肖像"和"模样"受造，由"受造物"与"天主的肖像"两个概念所带来的张力。

2. 人类在基督内的受造，按照天主的肖像被创造，因此，人类一直存在于"超性秩序"中，卡尔拉纳的"超性本质"说引来极大回应，这是人类具体而真实的面貌。所有的人，不论正在接受还是正在拒绝，一直都身处这个秩序中，不只是在成义之后。此外，为了强调对于共融的圣召所具有的基督意义，作者更加喜欢使用"基督性存在"，① 不是很满意"附加的存在"说，② 因为可能导致外在附加的想法。无论如何，这个层面属于人的具体实质状况，对所有的人都一样。

3. 但是这并不意味着我们需要放弃无偿性的双重层

① 戈泽利诺：《人在基督内的圣召和命运》，第80-90页。[G.Gozzelino, *Vocazione e destino dell'uomo in Cristo*, pp.80-90.]
② 马列维兹：《超性的无偿特质》，第686-689页。[L.Malevez, *La gratuité du surnaturel*, pp.686-689.]

面，而是应该坚持它。不过必须把基督纳入反省中心，在基督内，为了基督，一切被支撑，并且朝向祂，万物迈进。创造是天主自由和爱的成果，但是圣子道成肉身和圣神的恩赐构成天主自由的新行为，相对于前者必不可少。这里有一个无与伦比的无偿性，那就是天主把祂自己赠予人类。所以我们需要注意不能忽略耶稣基督的无偿性之特点。只有以耶稣基督为中心去谈论提升到超性秩序的无偿性才有意义。天主圣父无偿赋予圣子的使命和通过圣子给予的恩赐，在受造世界通过基督而运行。基督事件唯一的前提是天主对于人类和世界的爱。捍卫无偿提升人类进入超性秩序的观点，就是捍卫这个无偿性的根本。如果创造不包含道成肉身，那么理性生命的存在并不意味着天主必须召唤人类与祂共融，分享祂的神性生命，看到祂的生命。所以，基督的根本无偿性，要求在我们的生命中保持这种无偿性的结果，就是分享耶稣基督神子的身份，这是道成肉身和耶稣基督逾越奥秘的成果，也是圣神恩赐的成果。而且需要注意，恩宠根本上的无偿性，其首要原因不是因为人是罪人。这无偿性首先基于我们受造的本性，作为受造物的人类面对我们的创造者。天主的作为，因祂无限大的慈悲，把祂的爱赠予故意拒绝祂的人们和不配祂的爱的人们，这对天主来说是对祂的美善程度的更大，或者最大的挑战，鉴于我们故意使自己不配天主这无偿的爱，这更加强烈地突出了天主自我通传的自由。

4. 恩宠的双重维度，并不意味着我们可以在自身中清楚地区分哪些是来自我们的"本性"或受造状况，哪些是来自恩宠。这两个方面都不可分离地存在于我们的本质和经验中。[①] 如果在其他情况下我们倾向于将人性作为出发点，超然秩序外加于其上，那么我们将更喜欢通过"排除法"进行，也就是说，从我们具体的现实出发，"本性"将是在精神上消除了人内超性提升的力量之后留下的内容。卡尔拉纳谈到这种本性状况为"剩余概念"，[②] 很多人支持这个观点，尽管有些不同的细微变化。[③] 纯本性，或者如其他人称呼为"抽象本性"，成为一个有限假设，仅仅有助于支持道成肉身的必要性，也

---

① 基本上所有的神学家都接受这一点，不过对于"本性"的内容定义有些微差异。如果说巴尔塔萨的《神学家的表述》，第460页，带有奥古斯丁的特征，那么阿尔法罗则更加强调人在恩宠之外的理性意志。参考《神学问题探讨》，第321页。[H.U.von Balthasar, *Der Begrif der natur in der Theologe*, p.460; J.Alfaro *il problema teologico*, p.321.]

② 参考：卡尔拉纳，《本性与恩宠的关系》，第69页。[Cfr. K.Rahner,*Rapporto tra natura e grazia*,p.69.]

③ 巴尔塔萨：《卡尔拉纳的神学》，第301页；《神学中关于本性的概念》，第454页；阿尔法罗：《神学问题探讨》，第391页；《本性》，第572页。[H.U.von Balthasar, *La teologia di Karl Barth*, p.301; *Der Begriff der Natur in der Theologie*, p.454; J.Alfaro, *Il problema teologico*, p.391; *Natura*, in SM V, p.572.]

就是向超性秩序的提升。^① 由于无法定义"本性"的物质内容，所以它被置入人作为受造物状况的关系中。因此，有人提议用"超受造性"或其他类似词汇代替"超性"。^② 当然了，尝试忽略所有此类术语是可能的，也许是合乎需要的。无论如何，对于澄清人的奥秘，以及作为受造物被召叫通过耶稣基督分享神性生命这种矛盾性，一直都将是一个神学核心问题。

① 参考：阿尔法罗，《神学问题探讨》，第272-281页；巴尔塔萨：《神学中关于本性的概念》，第454页；卡尔拉纳，《本性与恩宠》，第117页；德鲁巴克，《超性的奥秘》，第85、110-117页。他拒绝纯本性假说，同时认为如果可能存在非指向恩宠的世界或者人性，那将是另一个世界，另一种人性。这种观点与"抽象本性"观点很接近。他的目的是强调恩宠确实无偿地存在于人性内，而不是仅仅限于可能性。[Cfr. Alfaro, *Il problema teologicao*, pp.272-281; H.U.von Balthasar, *Der Begriff der Natur*, p.454; K. Rahner, *Natura e Grazia*, p.117; H. De Lubae, *Il mistoro del sopranaturale*, pp.85, 110-117.]

② 阿尔法罗：《神学问题探讨》，第288页；拉达利雅：《神学人论》，第128页；巴尔塔萨可能是第一位明确地把本性与受造性统一看待的神学家。参考：《卡尔巴特的神学》，第303、310页，"本性就是这样的受造性"。[Alfaro, *Il problema teologico*, p.288; L.Ladaria, *Antropologia teologica*, p.128; Cfr. *La teologia di Karl Barth*, pp.303 ,310.]

第五章　罪人和原罪问题

在分析了人的基本构成之后，我们看到在其中天主邀请人与祂共融的召叫起着决定性的作用，那么我们现在必须过渡到这本神学人论导论的第二部分：罪人。不只是因为每个人都犯罪，我们的经验对此没有疑问，而是因为每个人都被卷入罪恶的历史长河中，根据圣经叙述，罪起自人类历史之初，伴随整个人类。在教会传统中，对于这种普遍性的罪孽深重进行的反省，联系着"原罪"教义，它包含双重维度，在历史之初的第一个罪，以及由这个罪带来的后果，即由此开始及其结果，使得每一个人和整个人类为此深陷于痛苦。所以我们努力来分析，到底它是什么，由什么组成，造成人自身以及人类团体内在分裂的原因是什么。

原罪教义，不是别的，它就是指与人类团结在基督内相反。同时，这个教义的前提是，人在天主的恩宠内被创造，在第一时刻天主就向人类奉献出了祂的友谊。只有从这里出发，才有意义来讨论罪是天人盟约的撕毁，是与天主共融的破裂。此外，在前面章节中谈到人的存在时，我们得到的结论是，如果没有天主提供的共融和祂的恩宠，我们就无法具体地思考一个人或具体的人类。在神学传统中，曾经热烈地讨论，这个起初的恩宠或者说人与天主的原始友

谊，是否就是基督的恩宠。这个问题与前面我们提到的问题同样需
要解决。我们不知道其他"恩宠"，除了天主通过祂的独生子耶稣基
督自我通传的恩宠。如果说第一亚当是未来要来到的那一位末世亚
当的预像，那么在最初的第一时刻，天主已经鉴于作为"恩宠"本
身的耶稣基督，而向第一亚当赋予了恩宠。由于此恩宠，此天人友
谊，这意味着神学人论的内涵也需要包括人自己的整合、和谐，人
与他人的和谐，人与万物的和谐，这幅场景在圣经中已经为我们提
供了迷人的伊甸园描述。对于"原始状态"反省的基本肯定，确切
地说是这样，人生活在与天主的和谐关系中，这是人最初被创造时
的原始状态，这也是人类命运的目标，这种和谐关系包含了人生命
的个人、宇宙和社会的所有层面。当然我们不能忘记这个初创叙述
中的末世层面：天主的原始计划将在末世实现。①

　　原罪教义，与近代相比，现在更多地集中在神学和基督论方
面，一旦它在科学—自然领域被"解放"，摆脱它们的束缚，它
与教义和圣经诠释方面的内在联系便会在许多方面引起人们的兴
趣，这包含：《创世记》最初几章的历史意义、进化问题、单偶
论和多偶论问题等等。② 此外，原罪论教义的阐述必须避免以可
能质疑天主的普遍救恩意志，或者基督救恩的有效性等方式进
行，而是相反，需要强调这些。只有依据耶稣基督的救恩，并且

———————

① 　参考：加西亚·洛佩兹，《旧约中关于人是天主肖像的问题》；Lettera di Barnaba
6:13. "我作最后的如同最早的——巴尔纳伯书信"。[Cfr. F.Garcia López, *El hombre ima-
gen de Dios en el Antiguo Testamento*.]
② 　参考：对于这最后一个问题，1950年比约十二世教宗的《人类》通谕（DS3897）和
保禄六世教宗1966年的讲话AAS58（1966）651，二者之间有些不同观点。

对于其内容给出解释，才能够谈到全人类都身处其中的罪恶境地。如果说在新约和传统中有哪些方面是明确的，那就是原罪学说是从基督救恩的角度发展而来的，这救恩是耶稣基督提供给我们的，而不是基督论的先决条件。

圣经教导

原罪论教义如果没有其他支持，仅仅从《创世记》第2-3章是无法推导出来的。只有依据对新约的重新解读和传统，才从此叙述中发展出来我们所讨论的这条教义。尽管如此，我们不能轻视旧约的教导，这是后续教义发展的"前言"。[①] 另一方面，《创世记》第2-3章的叙述，不能把它们单独拿出来研究，而是需要与旧约中关于罪的观念及其普遍观念一起观看。这种对照很常见，尤其是在智慧文学作品（参考《箴言》20:9；《训道篇》7:20；《约伯传》4:17，14:4；《圣咏》51:7，143:2）和先知书中，都告诉我们这个共同经验，前辈的罪恶会影响后代，后人沿袭前

① 这个观点来自沙伯特：《一位旧约学者对原罪探讨者的介绍》，弗莱堡，1968。他的神学思想影响很大，尤其是对于天主教世界。对于《创世记》1-3章的研究不能错过的还有伯纳德："《创世记》1-3章诠释和诠释传统"，见《宗教科学杂志》第43期，1986年，第57-78页；多曼：《创造与死亡——〈创世记〉2-3中神学和人类学概念的发展》，斯图加特，1988年；N.洛芬克：《前人之恶及失落的维度在犹太基督徒观念中》，弗莱堡，1987年，第167-199页。[J.Scharbert, *Prolegomena eines Alttestamentlers zur Erbsündenleher*, Herder, Freiburg, 1968,J.Bernard, "Genése 1-3, Lecture et traditions de lecture," in *Mélanges de Sciences Religieuses* 43 (1986), pp.57-78; Dohmen, *Schöpfung und Tod, Die Entfaltung theologischer und anthropologicher Konzeptionen in Gen 2\3*, Kath, *Bibelwerk*, Stuttgart, 1988; N.Lohfink, *Das vorpersonal Böse, in Das Jüdische in Christentum, Die verlorene Dimension*, Herder, Freiburg, 1987, pp.167-199.]

路，一再重蹈覆辙，甚至常常比前人更加糟糕（参考耶 2:5-8，3:25，7:22；则 2:3，16:44；欧 10:9；亚毛斯 2:4；《圣咏》106:6）。对于罪人的个人责任的认识也越来越清楚（参考耶 31:29；则 18:3），基本上没有异议，而是各书卷互相补充。在一个邪恶聚结互长的环境中，（美善聚结互长也一样，比如《创世记》第 12 章第 3 节），通常都承认一些人的罪恶会对另一些人产生影响，雅威典尝试在他们那个时代环境中给予一个"病因学"解释（当下的具体罪过、以色列王的不忠诚等），追根溯源到人类的初始时代。原始环境中的一个罪恶行为，在某种程度上决定了未来人类的命运，导致了一种罪恶和罪恶的后果的传染，（参考《创世记》第 4 章第 8、23-24 节等）。这告诉我们，罪恶不是来自天主，而是来自人。同时也向我们解释，人的罪恶是什么：自以为是，傲慢地想要成为像天主一样自足，拒绝天主的恩赐，拒绝与天主有关联。关于我们现在最关心的事情是：罪衍生罪，人类对自己在世界上的命运负有共同责任。

新约中对于原罪教义发展影响最大的经文毫无疑问莫过于《罗马书》第五章第 12-21 节。显然我们不能在这里对此段经文做详细诠释，但是指出其中的基督论目标则非常重要：在基督内有救恩、有恩宠、有成义，这通过对耶稣基督的信德而获得，而不是通过我们自己的功劳。在成义和恩宠中，有先于我们个人决定或者个人行为的因素，即在基督内已经成为现实的救恩，正如在我们个人选择耶稣释放我们脱离的罪之前，也已经有原因。罪（hamartia）的力量通过一个人进入了世界，它导致了死亡；这传遍了所有的人，因为（一旦满足条件）所有的人都犯了罪（参考《罗马书》5:12）。由于第一个罪进入世界，罪的势力席卷了所有的人，使得每个人都犯罪。这个罪恶势力，使得每个人都承袭了亚当的选择。如此因着一个人的不服从，所有的人都成了罪人。同样，由于一个人，耶稣基督，我们的引导者的服从，所有的人都将被塑造和裁决为义人（《罗马书》5:19 节）。耶稣基督和祂的恩宠压倒了罪恶，因为"哪里有罪恶，那里也被更加丰沛地灌注恩宠"（《罗马书》5:20 节）。基督凭借祂的服从，把我们从奴役我们的罪恶力量中救出，对此我们通过信德而获得。因此，那桎梏我们的罪恶，就是耶稣基督从中释放我们的罪恶。这种罪恶势力，来自亚当，进入了所有的人，先于我们个人选择之前。

原罪教义的历史

在原罪论教义发展史上有两个基本时刻需要特别注意：奥古斯丁和白拉奇论争，以及特利腾大公会议。特利腾大公会议的法令文件《原罪》，作为官方训导是关于这个题目最高和最完整的资料。

对于这两个历史性时刻中的第一个，我们需要了解"原罪"称呼的来源，随后它将成为传统中的常用词汇。白拉奇认为亚当的行为只是一个坏榜样，面对他对于罪的力量的低估，奥古斯丁强烈坚持罪对于每个人的现实影响，除非这个人在洗礼中获得解放。对于奥古斯丁，他的理由依据在《罗马书》第五章第 12 节结尾部分："在亚当内所有的人都犯了罪。"甚至孩子也是"罪人"，如果他们不是罪人，基督就不会为他们而死。鉴于他们个人没有犯罪，但是因为出生而感染了亚当的罪。这个罪，通过洗礼可以获得赦免，所以孩子也需要被赦罪。[①] 在奥古斯丁之前，有一些各种各样的思考分散在传统中，但是在他这里系统化了。比如情欲、与亚当的融合、灵魂的死亡。[②] 有一个至关重要的因素，毫无疑问就是人类的统一性，亚当领头，后来的人类全部被亚当的罪所覆盖。

如果有必要称赞奥古斯丁，他坚决捍卫所有的人都需要基督和祂的救恩，那么也必须说，他可能直到最后才想到基督的这种首要地位，他先看到的是亚当对众人的联合，然后才看到基督对人类的联合，因此，他倾向于认为全人类首先被包裹在罪恶中，然后获得基督的解放（所有的人都可能获得解放吗？）；可是在新约中提到所有的人在耶稣基督内被提升是在创造开始之前（参考《厄弗所书》1:3）。[③]

经过与白拉奇的争论，奥古斯丁影响了官方训导文件，其结果非常明显，418 年的迦太基（Cartagine）教省会议和 529 年的欧朗基（Orange）教省会议对奥古斯丁给予认可，教宗们也

---

① 参考资料很多，比如《论原罪、功绩和宽恕》I 12,15;16,21;28,55以及《论婚姻与欲望》II 33，56等。

② 弗里克·阿尔塞吉：《原罪论》，第109页。[M. Flick, Z. Alszeghy, *Il peccato originale*, p.109ss.]

③ 参考戈泽利诺：《人类在基督内的命运和圣召》，第456-461页；冈萨雷斯·福斯：《兄弟之间》，第340-341页。[G.Gozzelino, *Vocazione e destino dell'uomo in Cristo*, pp.456-461; J.I. Gonzalez Faus, *Proyecto de hermano*, pp.340-341.]

相继给予认可，使其成为最重要的参考资料（参考 DS222-224；DS371-372，"原罪"条）。这些条款的内容一直影响到特利腾大公会议关于原罪法令，尽管在历史中强调点有一些变化。

与奥古斯丁传统一起，还有安瑟尔默的思想，他强调情欲和人内心的混乱都是原罪的后果，对缺少原始正义他也论述很多。圣托马斯则对前面两位的思想做了总结，认为原罪在形式上（forma）是缺少原始正义，在物质上（materia）是欲望。[①]

特利腾大公会议，我们刚才说过，对于原罪教义的发展和定义，是另一个关键时刻。特利腾大公会议所面对的环境，与白拉奇和半白拉奇主义危机时期各届大公会议所面对的环境是不一样的。

如果说导致奥古斯丁和白拉奇对抗的曾经是由于对原罪的否认或者对其影响力的低估，那么对于特利腾大公会议所面对的状况则是相反的。马丁·路德认为人性整个地由于罪而腐坏了，面对他的各种说法，特利腾大公会议需要肯定，人性即使受到伤害，但是在本质上仍然保持了完整，也需要肯定，义人内在地得到升华、罪人得以成义都是事实。条款第 5 条最有特征地显示了其新意：原罪不能与欲望等同，欲望在领受过洗礼的人身上仍然存在，但是它不能损毁依靠天主的恩宠与它对抗的人。对于条款具体的细节和内容我们在这里就不深入了（请参考 DS1510-1516）。

---

① 参考《神学大全》，1/2卷，问题81-83。[*STh* I II, q.81-83.]

我只限于用几点个人评论做个小结，两位教授弗里克和阿尔塞吉关于特利腾大公会议的法令中，与我们正在讨论的题目有关系的条款，已经发表了很多研究成果，仍然是非常值得阅读的关键材料。[①]

首先我们需要在其中发现一个基督论层面：大公会议肯定，不通过耶稣基督就没有救恩；这对于那些没有个人犯罪的人也是一样的，这些人的救恩也同样——非耶稣基督莫可。大公会议没有进入奥古斯丁纠结的问题，人与基督的合一是不是在人与亚当的合一之前。特利腾大公会议的出发点是人类在罪恶压迫下的现实状况（参考我们谈到的人类学层面）。对这方面的声明特别请看条款 3。此外需要关注教会—圣事层面，基督的救恩通过教会和在教会内实现，通过洗礼圣事进入教会，合入基督。条款 3-4 特别谈及这个层面（参考 DS1524，特利腾大公会议法令关于"成义"）。第三个层面是人论：人类的状态，如果不与基督合一，就分裂在天主之外，这就是罪、是缺乏、是失去圣德和正义，而这是天主创造人应该有的状态，是人之所以为人的本质，这样意味着人在身体和灵魂上变糟了（条款 1-3）。第四个层面，溯源论，人类这种凄惨状态的原因。在人类历史之初发生的人的罪恶行为，不只是伤害了亚当，也伤害了所有的人，因此，所有的人都成了罪人（条款 1-3，尤其是第 2 条）。条款 5 的主要内容我们在前面

[①] 参考：《原罪》，139条。[*Il peccato originale*, 139.]

已经分析过。[①]

　　我们也来观察一下对于圣保禄和圣奥古斯丁的分析。原罪教义的厘定不是为了其本身，而是为了强调耶稣基督救恩的功能。在这方面重要的是需要考虑到条款3的制定，其中的主句是指：通过耶稣基督的作为，把人从罪恶中解放；而直接关于原罪及其后果的陈述句位于附属句中。在我们的系统思考中，我们将考虑

---

① 特利腾大公会议有关原罪问题的参考资料很多，比如：瓦内斯特，"特利腾大公会议关于原罪法令的历史演变"，见《新神学》，第86期，1964年，第355-368页；"特利腾大公会议关于原罪的法令"，见《新神学》，第87期，1965年，第688-726页；费尔南德斯，"特利腾大公会议关于原罪的法令"，见《西班牙第29届神学研讨会文集》，马德里，1970年，第257-293页；阿尔塞吉·费里克，"特利腾关于原罪的法令"，见《额我略大学研究》，第52期，1971年，第595-635页；《原罪论》，佛罗伦萨，1972年，第129-168页；罗维拉·贝利奥索，《对特利腾大公会议的神学思考》，巴塞罗那，1979年，第103-152页；福罗斯特，"特利腾大公会议与原罪论：法令及其发展"，见朱利主编，《本罪、原罪和现代人类学》，1975年，第69-79页；德比利亚农特，"特利腾大公会议的训导与原罪"，见《本性与恩宠》，第26期，1979年，第169-248页；谢夫奇克，"原罪论在特利腾大公会议的发展"，见《天主教神学论坛》，第6期，1900年，第1-21页。[A. Vaneste, "La préhistore du décret du Concile de Trente sur le péché originel," in *Nouvelle Revue Théologique* 86 (1964), pp.355-368; "Le décret du Concile de Trente sur le péché originel," ibid. 87(1965), pp.688-726; D.Fernandez, "Doctrina del Concilio de Trento sobre el pecado original," in *XXIX Semana Española de Teologia*, Madrid, 1970, pp.257-293; Z.Alszeghy, M.Flick, "Il decreto tridentino sul peccato originale," in *Gregorianum* 52(1971) pp.595-635; *Il peccato originale*, Firenze, 1972, pp.129-168; J. Rovira Belioso, *Trento, Una interpretación teologica*, Barcelona, 1979, pp.103-152; F. Frost, "Le concile de Trente et le péché originel: les canons et leur élaboration," in P. Giuliy (ed), *La culpabilité fondamentale, péché originel et anthropologie moderne*, Genblous-Lile,1975, pp.69-79; A De Villalnonte, "Qué <enseña> Trento sobre el pecado original," in *Naturaleza y gracia* 26(1979), pp.169-248; L.Scheffczyk, "Die Erbsündenlebre des Tridentinums im Gegenwartspelet," in *Forum Kat. Theologie* 6 (1900), pp.1-21.]

到这一因素。①

当前的问题

首先我们需要澄清术语问题。第一点，需要指出"原罪"之所以被称为"罪"，只是类比于个人犯的罪。过去，在单一意义上使用"罪"这个词汇导致了无法克服的困难，例如，在何种意义上确定原罪是自愿的，既然自愿是个人本罪概念的基本要素。今天在神学家之间就这一点有一个广泛的共识，原罪之所以被称呼为"罪"，因为它使人与天主分裂，使人偏离自己的使命和本质，用一句话来概括，因为它制造与天主的消极关系，使人孤立、封闭。第二，值得注意的是，传统神学在谈到原罪时，区分"因性原罪"（*peccato originale originante*，也可以理解为"肇起原罪""肇罪原罪"。译者注）与"果性原罪"（*peccato originale originato*，也可以理解为"被造成的原罪"。译者注）。前者是指历史之初所犯的罪，开始了我们现在生活其中的和经验到的恶；后者是这个恶果对我们普遍的负面影响，我们与天主分裂的状况，其原因和基础在于"因性原罪"。我们更多关注一下后者。事实上如圣经所表现的，对于起初的兴趣，低于对于现在我们所处的状况的关注。回溯源起的意义，是为了澄清我们现在与天主

① 关于特利腾大公会议文献还有一些涉及的教会训导。参考DS1946 驳巴依乌斯；DS2319 驳杨森2; 梵蒂冈二次大公会议有《牧职宪章》13，还有几个非常重要的文件：保禄六世在AAS58（1966）651；60（1968）439，"天主子民的信条"。

分离的状况，也就是"罪"。

我们需要从一个前提出发，那就是人被召叫与耶稣基督共融。我们无法在基督论和救恩论"之前"讨论原罪教义。历史很清楚地告诉了我们这一点，只有在耶稣基督的救恩关系中，我们才有意义发问：基督从哪里解放了我们。如果确实在认识耶稣基督之前，我们就可能体验到了罪，也就同样可以肯定，只有面对天主通过耶稣基督所展示的天主的爱，我们才能充分地认识到罪恶的含义。罪不只是违背创造者的法律，而是拒绝天主赠予我们的爱，拒绝与祂有关系。以色列正是通过盟约越来越清晰地认识到罪的问题，而基督徒对于罪的决定性认识来自耶稣基督的十字架，在其上展示了人类之罪恶的幅度和严重性。如果基督徒关于罪的信息，与罪的被宽恕密切联系，甚至，如果这个信息的核心正是宽恕，那么关于原罪的问题也是如此。耶稣基督的救恩和洗礼使我们与基督合一，进入教会，这必须在原罪问题讨论中被考虑到。在这本书里我们不做继续深入，那是出于节省空间和主题分布的原因，不过我们在开始部分和历史简述中已经指出，人类互相影响的首要基础，不是亚当，而是基督。基督是全人类的"头"，不只是基督徒的。所以每一个人都被召叫进入耶稣基督，与基督共同完成这个计划。罪就是对这个计划的破坏，只有从这个计划出发才会看到罪的严重性，因此也就必然联系着救恩和恩宠。新约介绍给我们的头领基督，同时也是死亡和复活的主宰，祂使我们与天主圣父和好，坚定我们与天主的友谊，宽恕我们的罪过。从罪恶中救赎和解放，是耶稣基督普世价值的一个本质要素。同时，理解人类的罪性状态，意味着只能从它所否认或阻碍的事情出发，也就是人与耶稣基督的合一，以及人与人之间的合一。

我们可以关照人类经验，比如梵蒂冈第二次大公会议（参考《牧职宪章》GS13），通过分析人类社会的现实状况，来确认圣经启示中告诉我们的犯罪事实。那是人类分裂的痛苦经验，既存在于个人生活中，也广泛存在于社会生活中；那是我们身处其中的悲惨，不论是个人内心深处善恶的争斗，还是我们与其他人关系的各个层面，以及对大自然的无知和伤害。每一个出生在这个世界上的人，都深深地陷于这种环境中，而对于这种环境，人单单依靠人类自己的力量是没有任何办法挣脱的。启示的内容与现实经验是一样的，现实事实就是对启示的真实解读。我们被告知，我们身处其中的这种环境，不论是个人内心，还是整个人类社会，都不是天主愿意的，而是我们远离天主的表现，同时这也是我们远离天主的原因，而且也是我们缺乏能力爱天主和爱他人，以及内在封闭的表现和原因。在这个意义上，我们讨论"罪恶"状况，这是世界上所有的人身处其中的具体环境。我们用个人罪行类比法提出原罪概念，并不指一个具体行动，而是一种状态，一种环境状况。这是一种失落的状况，缺乏恩宠，在恶势力的奴役下。出于这个原因，用"罪"的名称来指定这种状态并非不恰当。我们每个人在自己自由做出决定之前，就已经陷落在这种罪恶环境中，深刻地被其影响，而且经验告诉我们，常常在我们或多或少地使用了自由之后，通过自己的自由意志做了决定，可是却增加了我们周围环境的邪恶、自私和不公正。

我们称呼这种状态为"罪"，因为这是人自由决定的后果，是一种历史中的决定，而不是人性结构中的本质。罪在根本上与人的局限性、尚待完善性完全不同，即使这些情况可能产生犯罪。会犯罪是因为人有自由，因为这个自由甚至可以被用来反对天主，而天主是人的来源，所以犯罪也同时是反对人自己。在人的自由中，总有某些原创价值和创造性，因此不能被简单地贬低为低级层面的作为。因此试图从宇宙进化论，从"反进化"的消极方面，来解读原罪论的倾向遇到了失败。德日进神父试图从人类的层面解释原罪，作为一种结果，是集体性地出现在人类组织过程中的任何系统内的混乱无序，是从多重到统一的必要副产品。恶、身体的痛苦、伦理缺失，因我们所参与其中的结构，统统地进入了世界。因此原罪可能是历史过渡过程中的现状，而不仅仅是一系列历史事件的元素。由于人类是在"成长过程中的"，所以原罪可能是对于人类长久身处缺失状态的规律给予的一种表达方式或者形象化说法。相反，耶稣基督是超越在他自己和一切人中物质所代表的对统一和精神提升所产生的阻力的那一位。[①] 尽管德日进也有基督中心思想，不过他的这种解释似乎并没有遵循圣经和传统的教导。

恰恰正是在人类自由及其特征中，必须找到我们称为原罪的普遍犯罪状态的原因。卡尔拉纳正是在讨论原罪的问题时，写了一篇精美的文章，谈论关于每个人的自由与他人的自由之间所存在的共同决定现象。人作为自由主体，在一个从历史和人际关系之间来看的确定状况下，采取行动，所以我们的自由状况必然与其他人的自由（具体说就是罪过）相互影响。[②] 我们可以从"媒介"的概念来表达相同的想法，从而拥有深刻的神学意义，并且与基督信息相联系。梵蒂冈第二次大公会议文件《教会宪章》（LG62）告诉我们，（包含在关于童贞玛利亚的主题下），耶稣基督作为独一无二的媒介（传统翻译为"基督中保"，其实与媒介是同一个词汇，原意就是媒介，所以在这里使用媒介一词更加容易看出其中的联系。译者注），并不消除，而是促生追随祂的人间媒介，他们都是对基督媒介的分享和表现。我们所说的天主对于全人类在基督内合一的计划，要求所有的人给予积极回应。天主的美善

① 参考：德日进，《对原罪的反思》，巴黎，1969年，第217-230页；《基督论与进化论》，第95-113页；《基督在进化史中》，第161-176页；《关于原罪的一些可能表达》，第59-70页；有关德日进思想的系统和深化介绍请参考施密特-莫尔曼，《传统过时的思想与永恒的信仰》，奥尔滕，1969年；塞古铎，《开放神学》第二卷，马德里，1983年，第345-486页。[P. Teilhard de Chardin, *Réfléxions sur le péché originel*, Paris, 1969, pp.217-230; *Christologie et evolution*, pp.95-113; *Le Christ évoluteur*, pp.161-176;*Note sur quelques répréventations possiblesdu Péché original*, pp.59-70.K.Schmidt Moormann, *Die Erbsünde, Uberholte Vorstellungen,bleibender Galube*, Olten, 1969; J.I.Segundo,*Teologia abierta* II, Cristiandad, Madrid, 1983, pp.345-486.]

② 《关于信仰的基本问题》，第148、153-155页。[*Corso fondamentale sulla fede*, pp.148, 153-155.]

和恩宠，为了祂的计划，也通过其他人达及我们。个人对天主的忠诚，不只是意味着个人对天主召叫的完成，而是也包含了为了其他人的益处的合作。所以，罪是个人对天主的远离，同时也是作为向他人传递恩宠的媒介的断裂。人，对天主不忠诚，也是拒绝成为天主和天主恩宠向他人传递的管道。传递天主之爱的社会媒介不存在了，而是成了负面的媒介，对于人的发展成为阻碍，成为断裂。① 所以必须有救赎者耶稣基督媒介带来一个新的开始，只有祂能够战胜罪。

由于与天主和平关系的破裂，导致了远离天主的状态，这个状况囊括了所有的人。由此衍生出了个人的罪。也是由此而导致了所有来到世界上的人的生存状况，带有在他之前的人类之罪的历史标记。在各种罪之间有互相的连带关系，与来自耶稣基督的美善行为之间和态度之间也有连带关系。人身处与天主分离的状态，远离天主的临在，被恶势力所包围。这种状态是由人类造成的，有我们每一个人的参与，通过熏陶、习俗等等我们几乎自动地被吸纳进这个状态中。② 所有这一切并不是外在于人的，而是深刻地影响着我们，因此，人来到世界上，在与他人的关联中也成为"罪人"。最近一些年对于原罪论的反省在很大程度上受到勋能伯格（Schoonenberg）关于"世界之罪"的影响。鉴于罪恶状况在某种程度上进入了世界和社会的结构体制中，使得生活其

---

① 弗里克，阿尔塞吉：《原罪论》，第245页。[M.Flick–Z.Alszeghy, *Il peccato originale* p.245.]
② 杜巴勒：《关于原罪的神学反思》，巴黎，1983年，第122–124页。[A.M.Dubarle, *Le péché originel, Perspectives theologiques*, Cerf, Paris, 1983, pp.122–124.]

中、深深投入其中的人们，可能会变得绝对没有能力承认某些价值观。这将是我们做出决定之前，所处的实际"存在"状况。这种状况由于缺乏恩宠媒介链环而被桎梏，在这个视角下，人类的所有罪恶都囊括在内，不只是那第一个。[①] 我们个人的每一个罪行，都属于这个"世界之罪"的堆积和制造中的一部分，也同样包含所有在我们以后来到世界上的人们。[②]

我认为没有疑问，圣经中关于人类互相关联的资料，在神学反思中进一步得到了加深，这种关联从天主的神圣计划来看，是为了让全人类共同塑造基督奥体。鉴于原罪教义向我们展示了人与人之间深刻关联中的这种消极方面，这在基督信仰的人论中具有不可忽视的、至关重要的意义。我认为，由于这个原因，如果

---

① 勋能伯格：《沉沦于罪中的人》，救恩奥秘系列丛书四，第593-719页，其中关于第一罪的概念引起很多问题。在某种方式上，作者的思想对很多人产生了影响，甚至可以说在他之后的几乎所有关于这个题目的讨论都受到他的影响。韦根：《关于原罪的神学》，弗莱堡，1970年；尼古拉斯：《进化论与基督宗教》，米兰，1973年；鲍姆加特纳：《原罪论》，巴黎，1969年；格雷洛："从罗马书考察原罪和救赎"，德克莱神学论文，巴黎，1973年；戈泽利诺：《圣召与命运》，第421-522页；冈萨雷斯：《人类友爱》，第299-386页；布尔：《教会对原罪的观点》，巴黎，1989年。这些作者以及卡尔拉纳和弗里克,他们彼此之间也有不少差异，但是在第一罪和人类的所有罪过方面都坚持认为"第一个罪"具有决定性意义，承认因性原罪（肇起原罪）说（peccato originale originante）。[P.Schoonenberg, *L'uomo nel peccato*, in *MySal* IV, pp.593–719. H.K.Wegen, *Theologie der Erbsünde*, Herder, Freiburg, 1970; M.J.Nicolas, *Evoluzione e cristianesimo*, Massimo, Milano, 1973; Ch. Baumgartner, *Le péché originel, Descle*, Paris, 1969; P.Grelot, "Péché originel et rédemption examinés a partir de l'epitre aux Romains," in *Essai théologique* Desclée, Paris, 1973; G.Gozzelino, *Vocazione e destino ...*, pp.421–522; J.I.Gonzalez, *Paus, Proyecto de hermuno*, pp.299–386; J.Bur, *Le peche originel, Ce que l'Église a vraimeni dit, du Cerf*, Paris, 1989.]
② 毫无疑问这与原罪论有关，即使没有明确归属，近期关于罪的结构的问题，请参考若望保禄二世《社会关怀》（SS），36-40条。[Giovanni PaoloII, *Sollicitudo nei socialis*, 36–40.]

在原罪学说中仅仅看到罪的普遍性，[1]或者仅仅把罪归结为个人的罪，认为"罪恶的结构"或他人的罪恶只是从外面来标记人，而不影响他们与天主的深厚个人关系，这种原罪论即使有值得欣赏的优点，但是显然是非常有缺陷的。[2]是整个人类通过基督与天主得以和好，而不只是个体罪人，同样也是整个人类，而不只是每一个人，才是基督救恩和爱的对象，因为，我们已经多次强调，人的完满不只是在于个人与天主的关系，而是不可分离地与其他人联合在一起，共同组成基督的奥体。如果是这样，那么我们就不能低估恩宠和罪恶的社会影响力和范围。

是何时，产生了罪恶在人类中这种控制权呢？第一个罪行，圣经和传统中叙述的"亚当的罪"有什么分量呢？当我们谈论整个人类大规模的罪恶时，难道不是意味着在删除这第一个罪的重要性吗？我们好像并不需要用替代术语来解决这个问题。绝大多数天主教作者都肯定第一个罪的决定性份量，即使他们放弃做出有关其产生方式的假设。他们甚至并不认为有义务捍卫单偶论立场来支持全人类来自同一个男人，也不认为这第一个"亚当"是一个特别非凡的人。不过在某个时刻，这个罪恶历史有了开始，由于罪是如此具有普遍性，似乎除了将这一刻置于人类历史的开端之外，没有其他解释。"肇事人类"（umanità originante，肇起

---

① 瓦内斯特：《原罪教义》，巴黎，1971年。[A.Vanneste, *Le dogme du péché originel*, Paris, 1971.]

② 维拉蒙特：《原罪二十五年辩论（1950-1975）》，萨拉曼卡，1978年。[A. de Villalmonte, *Il pecado original. Venticinci años de controversia (1950-1975)*; Nat. Y Gracia, Salamanca, 1978.]

人类，肇罪人类。译者注），根据卡尔拉纳的术语，[①] 在世界历史和人类历史上划出了一个决定性的断裂，它触发了一个过程，这个过程本身是不可逆的。显然，所有这些都与这第一批人所处的进化和发展程度没有关系，具有决定性的是他们的选择的能力、自由的能力，这些人类的标志性特征，而不是在何种秩序中行使这种能力的具体条件。不论怎么样，人类始祖曾经没有我们现在所处的环境。根据我们的日常经验，每一个开始，作为一个事实，对于一个机构或者计划，或者个人历史，都标志着一个决定性的意义。所以赋予历史中的第一个时刻和第一个罪重要的意义，没有什么不合适。这并不是把它与其他时刻做出特征区分，也不是剥离出来，而是强调它作为"第一个"的相应角色。恩宠缺少了媒介，本来天主希望这恩宠通过人与人之间互相传递，可是在人类历史之初发生的事件导致了传递媒介的丧失。在这个意义上，因着"一个人"的不忠，我们所有的人都成了罪人。圣经和教会传统把这个罪放在了人类历史的开始。当然，新约告诉我们，基督是人类的头（首领和开始，译者注），毫无疑问这为我们都归属于祂的恩宠秩序建立了必要的基础，不过这与祂作为人类的和解者及救赎者不能分离。天主，在祂慈悲的计划中，"为所有禁锢在背叛中的人们施予怜悯"（罗 11:32）。如果说我们都处于罪的普遍恶果中，众人都深陷于罪恶的交织中，在罪恶中成为

---

① "原罪论与进化论"，见《大公会议》第3卷，第2期，1976年，第73—87页。
["Pecato originale el evoluzione," in *Concilium* 3,2(1976), pp.73–87.]

坏人，那么对这第一个犯的罪给予特别强调是有道理的。① 因此，简单地说，在"亚当的罪"与"世界的罪"，或者"全人类的罪"之间不是选择题。② 后者的重复强调似乎有充分的理由得到圣经神学和初期教会思想的支持。③

我们不能忘记，伴随着邪恶和罪恶的力量，人类所处的这种罪恶和失落状态，是亚当的罪和人类的罪的恶果，从而授权了原罪与基督恩宠的传递并存，这自人类诞生之初就产生了影响。根据圣经《创世记》，天主并没有在人类犯罪之后而放弃人类，《创世记》第三章第 15 节为依稀看到战胜撒旦留下线索。基督信仰传统非常谨慎地谈到这段经文为"原始福音"。"哪里有深重的罪

① 赛耶斯：《关于原罪的神学》，布尔根塞，1981年，第9-49页；《原罪论》，马德里，1988年；伦纳德：《信仰的理由》，巴黎，1987年，他认为第一个罪并没有被赦免，它已经在世界和历史上产生了恶果。这个现实世界与那个"原始"世界既有延续性，也有断裂，它在我们的时空之外。[J.A.Sayes,*Theologia del pecado original*, Burgense (1981), pp.9-49; *El pecado original*, Edapor, Madrid, 1988. A.Leonard, *Les raisons de croire*, Fayard, Paris, 1987.]
② 最终决定将这种关联性归因于第一个罪过的作者并不少，即使是全人类的所有罪过也是如此。比如马特莱特：《对挑战的自由回应——原罪、苦难和死亡》，奎里尼亚娜，1987年，第84-88页；杜巴勒：《对原罪论的神学展望》，巴黎，1967年，第307-330页。布兰迪诺认为所有现在的罪都是原罪肇起的，参考"原罪论"，见《方济各会研究》85期，1985年，第771-783页。德日进有类似的观点。[G.Martelet, *Libera risposta ad uno scandalo, La colpa originale, la sofferenza e la morte*, Queriniana, 1987, pp.84-88; A.M. Dubarle, *Le péché originel, Perspectives théologique*, Fayard, Paris, 1967, pp.307-330; G.Blandino, "Il peccato originale," in *Miscellanea Francescana* 85(1985), pp.771-783.]
③ 利巴特："前五世纪的教父传统"，见吉利：《基本的罪 原罪和现代人类学》，让布卢，1975年，第34-55页；沙尔塞特：《原罪论》，第14-24、48-54页；戈萨利诺：《人在基督内的圣召和命运》，第482-484页。[J.Liebaert, "La tradition patristique jusq'au V secle," in J. Guiliiy, *La culpabilité donfamentale, Péché originel et anthropologie moderne*, Gembloux, 1975, pp.34-55; J. Scharsert; Dubarle, *le Paché originel*, pp.14-24,48-54; G.Gozzalino, *Vocazione e destino dell'uomo in Cristo*, pp.482-484.]

恶，恩宠也必将更加丰富"（罗 5:20），如圣保禄所说。不能让对于原罪的研究使我们忘记基督对于罪恶的胜利，以及对于恩宠必胜的基督徒信念。原罪神学，如果没有意识到其来源是基督论，而且只有在基督论内才有意义，那将对人类在天主面前所处的位置有走向片面观点的风险。罪恶的力量永远不会强大于基督，从长远来看，它的影响也不会更加普遍，即使我们不能低估它。世界已经在耶稣基督内获得拯救，基督的圣神一直在推动人类不断地迈向美善。基督死而复活，开启新的起始，一方面指出人自己没有能力重建天人关系，同时另一方面则明确地肯定，不顾人类的罪恶和不忠，天主的神圣忠诚一直保持不变。对于恩宠的关注，会帮助我们进一步深化这个题目（关于儿童与原罪的相关几段讨论略。译者注）。

原罪的恶果

在这一章的开始部分，我们的神学反省就关注到"原始状态"和圣经中叙述的伊甸园，在那里人与天主处于友好的状态中。在神学上称呼其为"前自然的"恩赐，用来指人在没有犯罪堕落时所拥有的恩赐，但不是基督恩宠重新给予的。

在教会训导中，我们首先看到两个因为犯罪而失去的恩赐："正直"integrità 或者说没有"贪婪的欲望"concupiscenza（前者是 integrità，也可以翻译为：中庸、忠诚、完整、整合、完人；后者是 concupiscenza，贪图得到满足的强烈欲望，经常指性欲，或者各种贪婪的、过分的、不正当的欲望、下流、卑鄙、自私、偏狭。正直，没有偏狭、自私、下流的欲望，加起来最合适的翻译可能是"中庸"。或许可以如中文说"壁立千仞，无欲则刚"中这个"欲"来理解 concupiscenza，如此也如作者随后谈到的"正直"——"自由"的理解。译者注），以及"不死"。但是在何种程度上我们可以说，我们所处的环境是来自原罪呢？

定义"贪婪的欲望"（欲 concupiscenza）并不是一件容易的事情。它有时被认为是人的低级趣味倾向，不服从于高尚或者理性的倾向。在这种意义下，它将是一个中性概念，属于人的本性。[1] 完整（正直、高风亮节、中庸、完人。译者注）的含义，是低级倾向完全顺服于高级倾向，是人在犯罪堕落前所拥有的天主的特殊恩赐。

在不剥夺这一概念原来该有的那些含义前提下，我个人更喜欢一个更加神学化的概念，也就是完整（正直）的含义实际上是"自由"，在天人关系的和谐中有能力超越任何困难去行善；那么贪欲就是罪恶带来的自由的缩减，而且即使罪过被宽恕了，它仍然压迫着我们，阻碍着我们的存在，阻碍我们的自由。由此看来，贪欲来自罪恶，即使它本身不是罪恶，如特利腾大公会议指出，贪欲把我们带入罪恶。贪欲将是内在自由的缺乏，它阻碍我们自发地和轻松地追随圣神的引领。

罪与死之间的关系在圣经和教会训导中很清楚。当然我们知

---

[1]　参考：卡尔拉纳，"'欲'的神学概念"，见《关于神学人论中的超性问题散文集》，保禄书局，1969年，第281-338页。[K.Raher, "Concetto teologico di concupiscenza," in *Saggi di antropologia soparannaturale*, Paoline, 1969, pp.281-338.]

道圣经中关于死亡的含义还远远不能统一，常常把生理死亡和与天主分离一起谈论，而前者是象征。由此产生一个疑问：是否必须将生理死亡视为犯罪的结果，或者只要说罪恶的结果就是我们现实生活中的死亡，而无需假定在没有犯罪的世界中曾经不存在肉体死亡？[①] 此外我们需要考虑到，我们被召叫的目标，那终极的不死并不是今生今世，而是分享耶稣基督死而复活的生命。这种考虑适用于一切关于"原始状态"的教导。这并不是说只看过去，而是要面向未来，朝向天主对于人的原始计划的完美的实现，那将是末世的完满。[②]

---

① 这些作者很多都选择第二种，比如弗里克、阿尔塞吉：《神学人论的基础》，第179页；《原罪论》，第357–363页；戈泽利诺：《人在基督内的圣召和命运》第513–514页；赛耶斯、布兰迪诺和伦纳德等。[M.Flick, Z.Alseghy, *Fondamenti di una antropologia teologica*, p.179; *Il peccato originale*, pp.357–363; G.Gozzelino, *Vocazione e destino dell'uomo in Cristo* pp.513–514; J.A.Sayes, G.Blandino and A.Leonard.]

② 关于原罪论最近的发展，可以参考：科斯特，《当代天主教神学中的解放、堕落和原罪》，雷根斯堡，1983年；维登霍夫，"原罪论在今天"，见《勒内神学研究》83期，1987年，第353–370页；雷米，"当代原罪论"，见《特里尔神学院》98期，1989年，第171–195页；莫斯凯蒂，"原罪论的过去、今天和展望"，见《天主教文明》140期，1989年，第248–258页；培纳，"原罪问题"，见《奥维坦斯研究》17期，1989年，第6–29页。关于原罪论教义的基督论层面，请参考：哥伦布，"关于原罪的论题"，见《神学研究》15期，1990年，第267–276页；布菲，"全人类被预定的在基督里的团结和他们在亚当里的团结"，见《神学研究》15期，1990年，第277–282页。[H.Köster, *Untand, Fall und Erbsünde in der katholischen Theologie unseres Jahrbunderts*, Puster, Regensburg, 1983; S.Wiedenhofer, "Zum gegenwartigen stand der erbsündentheologie," in *Theologische Rene* 83(1987), pp.353–370; G.Remy, "Erbsündentheologie heute," in *Trierer Theol. Zeitschrift* 98(1989), pp.171–195; S.Moschetti, "La teologia del peccato originale, passato, presente, prospettive," in *la Civilta Cattolica* 140(1989), pp.248–258; J.I.Ruiz de la Pena, "El pecado original," in *Studium Ovetense* 17(1989), pp.6–29. G.Colombo, "Tesi sul peccato originale," in *Teologia* 15(1990), pp.267–276; I. Buffi, "La solidarietà predestinata di tutti gli uomini in Cristo e la loro solidarietà in Adamo," ibid. pp.277–282.]

第六章　人在基督的恩宠内

本学科的这一部分，原可独立成为一个专题，确切讨论的层面是处于与天主关系中的人，我们在介绍部分曾经首先谈到过。人依照天主的肖像被创造，目的是为了达到完美地肖似天主这个目标的实现。所有这一切都是恩惠，都是恩宠，远远超出了我们在受造中获得的本就不配的恩惠。恰是由于其彻底的无偿，因此获得这个名字"恩宠"（grazia，恩宠、恩惠。译者注）。这是指最卓越的恩惠，是超越我们一切想象力的最大的恩赐。这个恩赐不能与耶稣基督分离，或者更加合适地说，是作为恩宠的代名词、恩宠的化身的耶稣基督，本人就是恩宠的耶稣基督，在人的生命内产生的善果。天主的恩宠就是天主自己，天主给予我们的就是天主自己，通过耶稣基督，天主的独生子，在圣神内，天主把祂自己赠予我们。当我们谈到在天主恩宠内的人，就是在谈论天主亲自用祂无限的爱与之共融的人。恩宠，首先是在耶稣基督内完成的末世救恩事件，这引导人内在生命的升华。①

① 穆斯纳：《新约神学恩宠论纲要》，救恩奥秘系列丛书第九卷，第27–53页。[F.Mussner, *Lineamenti fondamentali della teologia della grazia nel Nuovo Testamento*, in *MySal*, vol. IX, pp.27–53.]

在保禄书信中，"恩宠"这个术语发展成为一个神学概念，含义就是指耶稣基督本身（参考"救恩"含义，比如《罗马书》16:20；格前16:23；格后13:13），是指人生活在耶稣基督内的新环境（参考《罗马书》5:2，"在恩宠内"意思就是"在基督内"）。这是一种环境，一种状态，在其中，使真正的自由成为可能的神圣之爱得以凸显（参见罗6:14；迦1:6；5:4）；这也是使脆弱的人得以坚强的天主的力量（参见格后12:9）。这个恩宠由耶稣基督携带着，实际上祂自己就是这个恩宠，通过祂，传递给我们，使我们从罪过中得到救援（参见弗1:6）；因着此恩宠，我们得以与耶稣基督本人共融（参见弗2:5，7），与天主共融。在牧函文件中指出，耶稣基督是天主的恩宠，也是天主的启示，也是天主对人类的大爱的"显现"（Epifania）（参见提2:11；3:4-7）（是高峰显现、真实显现，定冠词的显现，大写的显现。译者注）。对于圣保禄来说，最特殊的是，宗徒使命的恩赐就是来自恩宠，是天主赋予的使命，不是因为个人值得（参见罗1:5；12:3；迦1:15）。[①]最后我们需要注意，"恩宠"的含义在新约部分，普遍是指耶稣基督的救恩事件，以及人参与其中的方式、状态，而不是指各种各样的天分，或者各种特殊神恩。同时也很明显，如果把新约中关于人在基督内得救的信息缩减为"恩赐"（grazia小写。译者注）也是狭隘的（在外文

---

① 相关概念在保禄书信之外的新约其他材料中也有，比如：路1:28,30；2:40,52；宗6:8；7:46；15:40；希10:29；12:15，28；若1:14，16，17等。新约关于恩宠论的神学思想的丰富资料可以在这个参考书中找到：席勒贝克克：《基督——一个新历程》，布雷西亚，1980年。[E.Schiliebeeckx, *Il Cristo. La storia di una nuova prassi*, Queriniana, Brescia, 1980.]

中分大写、小写和单数、复数。大写的 Grazia 专指天主圣神和耶稣基督本身，翻译为恩宠；小写的 grazia 单数或者 grazie 复数，有时普遍概括耶稣基督或者圣神携带的恩赐，有时指人获得的恩赐、特殊的个别赐予、神恩。另外小写复数 grazie 也是感谢、感恩的意思，它的形容词则是"优雅的"含义。由此可见这些品质之间彼此的联系。译者注）。被召叫成为耶稣基督的门徒，根据若望神学，就是被召叫分享光明和生命，而光明和生命就是耶稣基督本身，是同一奥秘的不同表达方式。其中的基本要素是与耶稣基督的联系。凭着耶稣基督的救恩工程，为人类打开了通向天主圣父的道路，使我们得以沟通圣神，这允许了我们分沾天主儿女的条件。当我们谈到天主助佑的人，或者在天主恩宠内的人，或者说天主特别垂顾的人，含义是在恩宠中所彰显出来的天主对这个人的慈爱，及其对我们的影响，我们的反省是，那为了一切人的利益在耶稣基督内所完成的救恩大业，其在人类学意义上的成果。

天主的普遍救恩意愿

首先我们反省基督救恩的普世性。天主的救恩意愿是拥抱所有的人（参见得前 2:4）。在本书的前面几章我们已经看到，超性层面对于每一个人的历史性存在都属于本质要素。通过耶稣基督被赐予的恩宠属于所有的人，即使我们不知道具体以什么方式。可以明确的是，天主希望所有的人对祂的邀请都给予肯定的回复。如果说天主派遣祂的独生子来到世界上，是为了使世界因祂而得救，那么，天主就是以此行为展示祂无限的爱（参见若 3:16-17）。恩宠，其无偿性和普遍性，二者不是对立的概念，也不是不可并列的。如果耶稣基督是历史的中心（参见《牧职宪章》45），那么我们个能认为历史中的某些部分停留在耶稣基督的影响之外。恩宠环境并不只是在可见的教会之内。教会训导，尤其是在十七到十八世纪，与极端的奥古斯丁主义做斗争，他们把基督救恩的影响给予限度（具体参见 DS2001-2005，绝罚杨森派。另外还有杨森派其他一些条款也被绝罚，参见 DS2301等条，尤其是 DS2304-2305 和 DS2308。此外，还有对康斯奈尔 [P. Quesnel] 的驳斥，参见 DS2400 等条，尤其是 DS2429 条，绝罚：在教会之外没有给予任何恩宠，参考 DS2424。还有给予皮斯托亚 [Pistoia] 主教会议的主张以绝罚，他们重复前面的观点，参见 DS2622）。当今的教会训导，采取了肯定的方式来表达（意思是不再采用"绝罚"模式。译者注），在梵蒂冈第二次大公会议文献中我们会发现很多，尤其是《教会宪章》LG16、《牧职宪章》GS22。另一方面，显然，并且必须特别强调这一点，对耶稣的认识和对教会的归属感，绝对不应该是冷漠的和无动于衷的，因为救恩，以及与基督合一的意义，意味着在恩宠内、在天主的助佑中生活。但是因此，我们直接关心的是，现在需要强调，蒙恩的召叫，这不仅仅是对于作为基督徒的人的愿景，而且也是基督徒对于全人类所怀的愿景。

在教会神学传统中，关于天主普遍救恩计划的问题一直与天主的眷顾问题联系在一起。在新约中，这个观念总是与基督的奥秘相关，以及人对基督生命的分享和共融密切联系（参见格前 2:7；罗 8:29；弗 1:5，11）。这是天主直到基督来临才彻底揭开的自古以来保守的秘密（参见弗 3:5，9-13），确切的主题是救恩的普遍性，包括异教徒。这在根本上是一个基督论概念，其参照原则是：按照天主的计划，全人类被召叫得救；每个人都效法耶稣基督，成为以基督为长兄的兄弟姐妹。这在很多情况下被抽象化了，从其根源上被剥离，而引起了一种善恶双预定观念。关于预定论，圣奥古斯丁谈论了很多。对于他的观点给出一个概括是比较困难的。对于天主的正义与天主的慈悲之间，圣奥古斯丁的观点似乎并不总是彼此吻合的，他并没有清楚地看到天主的救赎恩宠是向所有的人敞开的。奥古斯丁的犹豫为后代留下很多争论。教会训导则在各种场合下坚持认为不存在对于恶和绝罚的预定（参见 DS330-342，397，621-624，1567）。

我们也需要注意加尔文的观点，他认为，预定起自天主永恒的旨意，在这个预定中，天主决定了祂所愿意的每个人的命运，所以，并不是所有的人都按照同一的条件被创造，有些人被注定是要进入永恒生命的，另一些人则注定是要失落的（aliis vita aeterna, aliis damnation aeterna praeordinatur），如此根据不同的结果每个人被创造，也就是被永恒预定进入生命或者进入死亡。①

　　卡尔巴特的思想是我们不能忽略的。他把这个问题带回到基督论的根本问题上，在多个世纪中这个原则曾经被遗忘了。根据卡尔巴特的思想，不可以制作一个把受拣选和受绝罚相提并论安放的框架。首要拣选是耶稣基督的拣选，祂作为天主选择，也作为人被选择；在这个拣选中也包含了我们，因为祂是所有被拣选者的头；这才是具体的指令，高居于首位。天主决定让人类从祂获得益处，而且决定让人类归属于祂，同时，祂接受人对祂的拒绝。与基督的拣选一起，面对以色列的拒绝，是教会的拣选，但是天主也接受教会的拒绝。在教会的拣选中包含了所有的人，这来自于恩宠，没有任何属于人的功劳。人被注定的是恩宠和宽恕。而对于巴特来说，由于基督与人之间的关系，罪成为"本体论上的不可能"。因为，如果有可能重现罪人的角色，被天主绝罚的人的角色，这样的人是不可能"存在"的，因为这种可能性及其一切后果，天主已经通过基督注定消融在自己内了，因此，其结果是，从人内被撕去了。②基督徒团体需要把基督的信息带给每一个人，作为受拣选的见证，先于其他人，彰显信仰。我们不在这里讨论巴特思想的细节，只是做个概括。对于他的观点，我们

---

①　加尔文：《基督教原理》第三卷21:5；参考：洛尔，《天主的恩宠行为是人的受拣选》，救恩奥秘系列丛书第九卷，第229–295页。加尔文的观点尽管很可能与这里引用的定义更加不同，参见247页。[Calvino, *Inst.* III 21:5, cit. da M. Lohrer, *Azione della grazia di Dio come elezione dell'uomo*, in *MySal*, vol. IX, pp.229–295.]

②　《教义学》第二卷第二部分，第348页。请注意这个观点与巴特关于基督论和人论之间关系的问题有很多吻合。[*Kirchliche Dogmatik*，II/2, p.348.]

需要提请注意的是，如有些人已经指出的，有可能陷入末世决定论的危险。^①

无论如何，没有疑问的是，可以保证这个问题正确模式的唯一构架，是以基督拣选为标志。天主的预定是以基督为基础，这成为全人类的原则。这个对于全人类的拣选是来自天主的恩宠，排他性地仅仅属于天主的主动行为。所以，很明显，我们需要拒绝双预定说，即使这并不能导致救恩的自动实现，因为人的自由可以使人拒绝天主的恩赐。恩宠是天主给予人的第一和最后的话语。神圣的无偿拣选并不导致焦虑，而是带来希望，因为其基础是爱。天主的正义从来不会与祂的慈悲和祂的慷慨宽恕相对立。^②身处恩宠中的人，是在耶稣基督内被拣选和被祝福的人，这是创造世界之前的计划。在这个大背景中，我们现在可以来讨论具体的神学人论问题，也就是，恩宠对于人是什么意义，为什么能够使人达到生命存在的完满，为什么能够凭借圣神的德能使人与基督共融。

恩宠对于人得救的首要性——罪人的成义

成义是恩宠的一个维度，具有根本的重要性。天主的助佑向

① 洛尔：《天主的恩宠行为是人受拣选》，第255-257页。
② 参考洛尔。基本上与他有类似观点的包含：科尔扎尼，《神学人论》，第217-238页；冈萨雷斯，《人类友爱》，第453-483页；奥尔，《关于恩宠的福音》，1970年，第62-99页；加诺齐，《从您的丰盈……》，第121-125、220-223页。[G.Colzani, *Antropologia teologica*, pp.217-238; J.I.Gonzalez Faus, *Proyecto de hermano*, pp.453-483; J.Auer, *Il vangelo della grazia*, 1970, pp.62-99; A.Ganoczy, *Dalla sua pienezza...*, pp.121-125, 220-223.]

罪人给出，这彰显出来的是，在这个恩宠施予中，天主的主动性和绝对首要性，尽管这种施予，如果缺少我们的合作就无法完成。我们在这个导论中将关于罪的问题的讨论安排在关于恩宠的问题之前，这有利于更加清晰地掌握历史线索。事实上，成为天主的儿女这个圣召，来自我们开始存在的最初时刻，这是给予全人类的圣召，起自人类历史之初，人类受造之始。这个圣召，只能在我们获得天主的宽恕、成义后才可能实现。

罪人的成义是天主正义的工程。这是天主忠诚于祂与以色列的盟约的行为，是为了拯救祂的选民，从敌人的手中救出他们（参见民 5:11；撒上 2:17；咏 40:11，48:1，71:2，103:6 等）。所以，天主的正义是拯救的正义。雅威的救恩正义，在很长时期被认为只赋予以色列人，尽管在旧约某些章节中已经显示出来其普世性，尤其是在第二和第三《依撒以亚》先知书中：救恩将不是单单与以色列重新续约，而是天国扩展向所有的人民和国家（参见依 42:4，45:21，51:5，56:4，62:2）。

圣保禄，是新约中谈论天主的正义最多的作者，他从旧约继承了这个传统。天主对盟约的忠诚表现在耶稣基督身上，天主愿意通过祂来拯救人类，因此在祂身上神圣正义得到终极彰显。天主的正义是救恩的权能，是反对和击败罪恶的权能。因此，耶稣基督为了我们而被负罪于身，替我们担负起罪责，"为了使我们因着祂，而成为天主的正义"（格后 5:21）。以这种方式让我们与天主和好，从天主的敌人变成天主的朋友（参见罗 5:10）。尤其是在《罗马书》中，天主正义的彰显占有中心位置，从书信的开始第一章第 17 节就谈到此正义在福音中的启示，救恩和慈悲的力量胜过"天主的义怒"（参见罗 1:18）。天主的正义是祂的忠贞，与人的不忠、不诚和不义相对立，在《罗马书》第三章第 4 节再次出现。天主对盟约是正义的和忠诚的，正是因为祂宽恕罪人，没有严惩他们。在《罗马书》第三章第 21 节中，明确强调天主通过耶稣基督启示祂的正义，这个启示不依赖于法律（通过法律任何人都无法获得正义，参见 3:20），所以说启示是无偿的，因为这个展示联系着基督的救恩（第 24 节）。在此启示中，天主彰显祂的正义，其成果是罪人的成义：天主是正义的，也使信仰耶稣基督的人正义。如果只有在耶稣基督内，借着祂的服从，我们才可能成为正义的（罗 5:16），那么我们就有了保禄神学关于正义的基本要点：只有通过信德，而不是通过法律，我们才可以成为正义的。我们获得救恩的唯一泉源是接纳耶稣基督的工程。人无可自诩，只有信仰。依靠接纳无偿救恩，而不是依靠法律，人最终获得正义。保禄的理由是，天主不只是希伯来人的天主，而是全人类的天主。所以，因信德而成义，意思是，成义是为了全人类的，或者用另一种概念，耶稣基督的救恩具有普世性质。因信德而成义，以及成义的无偿性质，在亚巴郎身上得到明显的验证（参见创 15:6），保禄在《罗马书》第四章谈到这些（也参见迦 3:6）。亚巴郎是信德之父，因为他相信天主，完全交托给天主，简单地说就是：他相信了。所以，我们也成为信仰承诺的继承人，也就是恩宠的继承人（参见罗 4:16）。不论是因信德成义，还是因恩宠成义，都与功劳相对立。所以，人因信德成义，意味着，那些接受了天主恩宠的人获得成义，面对天主而放弃自负、允许自己被天主矫正的人得以成义，承认天主在救恩中为主导者的人得以成义。

通过信仰而接受天主，这同时就是天主的恩宠，而不是人自己的"功劳"。这前提是在我们的生命内有自由的时刻，积极地接受天主。但是这种个人行为，确切地说就是彻底投入于天主，放弃自我臆断。只有这样才可能理解如何通过仁爱使得信仰产生作为（迦 5:6），这种行为必须跟随正义的引导，这不会让信徒继续自以为是，而是明白这是天主的恩赐（《雅各伯书》2:17-26，对于认为行为必要性的观点，需要同时认识到信仰的重要性，并且行为要表现出来信仰的活力）。

即使很明显紧接着的这个问题的出现与圣保禄的概念并不是一回事，不过我们还是需要在此对奥古斯丁与白拉奇的争论在神学上给出一些分析。那时讨论的内容是恩宠首要性的基本问题。此外这场讨论促生了关于恩宠问题最早的一些训导文件，这对于理解西方神学的发展线索很有帮助。

白拉奇的出发点是造物的美善。对于他来说，恶应该由人承担全部责任，因为人有自由完成天主的命令。天主通过法律，尤其是通过耶稣基督的生活和话语教导人们实践天主的旨意。"恩宠"，对于白拉奇来说，首先作为外在的、历史性的媒介，引导人走向美善。相反，对于天主在人的内在生命中的工作却晦涩不

明。似乎白拉奇认为，如果人的自由需要由天主支持，那人就不
自由了。在人的奥秘深处看不到天主本身，他愿意强调人的道德
完美，而不是人与天主的关系。①

面对这种白拉奇式关于人的"乐观主义"看法，圣奥古斯丁
给予反击。有时候人们希望在希腊教父的"神化"（divinizzazione）
教义与奥古斯丁的教导之间确立一种对立，强调他特别关注从罪
中获得解放，以及人行善需要的帮助。这种对立当然是不正确的。
圣奥古斯丁自然了解那些传统中的伟大题目，但是他发展了自己
的学说。②他写了很多文章谈论圣神在我们生命内的居住，③我们
面对天主的义子地位，以及与耶稣基督的合一等。研究奥古斯丁
的学说却忽略他在这些方面的努力，那是错误的。不过同时我们
需要指出，不论是他个人的灵性经验，还是与白拉奇的论战，确

---

① 限于篇幅，我们这本导论忽略白拉奇的跟随者塞莱斯蒂奥（Celestio）和朱拉诺
（Giulano di Eclano）对此学说的发展。关于白拉奇的研究请参考：埃文斯，《白拉奇
研究和重新评估》，纽约，1968年；普林瓦尔，《白拉奇及其著作、生活和改革》，洛
桑，1943年；格雷沙克，《恩宠与具体的自由——对白拉奇恩宠教义的研究》，美因
茨，1972年。作者在这里尝试重建白拉奇思想。科尔扎尼，《神学人论》，第132页；瓦
莱罗，"白拉奇的人论学说基础"，见圣座科米利亚斯大学研讨会，马德里，1980年；
弗兰森，"奥古斯丁、白拉奇关于恩宠论的争议"，见《卢文大学研究》第12期，1987
年，第172–181页。[R.F.Evans, *Pelagius. Inquiries et reappraisals*, New York, 1968; G. De
Plinval, *Pélage. Ses écrits, sa vie et sa réforme*, Lausanne, 1943; G.Greshake, *Gnade als Konk-
rete Freiheit. Eine Untersuchung zur Gnadenlebre des Pelagius*, Mainz, 1972, G.Colzani, *Antro-
pologia teologica*, p.132; J.B. Valero, "Las bases antropológicas de Pelagio en su tratado de las
Expositiones," in *Univ. Pont. Comillas*, Madrid, 1980; P.Franesen, "Augustine, Pelagius and
the Controverse on the Doctrine of Grace," in *Louvain Studies* 12(1987) ,pp.172–181.]
② 邦纳："奥古斯丁的神化观"，见《神学研究期刊》第37期，1986年，第369–386
页。[G.Bonner, "Augustine's Conception of Deification," in *The Journal of Theol. Studies*
37(1986), pp.369–386.]
③ 比如：《精神与文字》32，56。[*De spiritu et littera*, 32, 56.]

实使得这位希波的主教对其他方面强调了更多。人处于罪的奴役下（参考前面我们讨论有关原罪的部分），只有耶稣基督可以把人从罪中解放，这完全是由于恩宠，没有人的任何功劳。人之为人就是谎言和罪恶，没有其他。因此，谁不与耶稣基督合一，就无法行善（参考《罗马书》14:13；10:3）；任何不是来自基督之爱的行为，总会带着傲慢的瑕疵。所以，恩宠对于善行是必要的，恩宠有不同的效果，但是会推动起来一种助人美善的力量，促使人行善。[①] 依靠恩宠，人的本性被治愈，从脆弱中获得自由。这帮助是无偿的，因此是"恩宠"。即使很难明确地说"恩宠"到底是什么，但是不要忘记在很多章节中，奥古斯丁都将其归于圣神在人的生命中赋予的"恩宠"果实。所以在圣神与恩宠之间存在着密切联系。[②] 恩宠的影响力不削弱人的自由，因为天主以爱在我们的生命中运行，以爱吸引我们，所以是帮助我们自己的自由意志。天主的这个帮助，在人的整个生命中一直是必要的，不只是从罪中救出的第一时刻，甚至成义的人也需要恩宠的持久支持。人所做的一切美善都是天主在人的生命中、

---

① 　《论本性与恩宠》53:62；58:62;60:70等。[*De natura et gratia,*53:62; 58:62;60:70etc.]
② 　《精神与文字》29,51；《论本性与恩宠》60:70；64,77；70,80等。[*De spiritu et littera* 29,51; *De natura et gratia* 60:70; 64,77; 70,80etc.]

为了人所做。①

奥古斯丁的影响在训导定论中很快表现出来。418 年迦太基（Cartegine）会议和教宗佐西莫（Zosimo）都采用了他的观点（参考 DS222-230）。其中第 3 和第 5 条我们更加关注。因着天主的恩宠，通过耶稣基督，人被接入正义，不只是罪获得赦免，而且包括以后不再犯罪。恩宠不只是帮助人认识美善，而且帮助人实践所认知到的美善。最后，天主把恩宠赋予我们，不只是为了让我们更容易地去做即使没有祂也可以做到的事情，而是因为对于履行天主的诫命恩宠是必不可少的。

奥古斯丁如此强烈地强调恩宠的惠赐之首要性，作为对他的学说的反击，在法国南部发展起来"半白拉奇派"。他们认为，人朝向天主和信仰的第一动力，不是来自恩宠的惠赐，而是来自人的内在自动力。这些作者不想否认或忽视恩宠，但是他们相信，奥古斯丁认为恩宠的角色作用具体涉及的是预定，这是过分的。半白拉奇派相信，通过把朝向天主和教会的第一

---

① 关于奥古斯丁恩宠论的参考书非常多，除了总参考书目之外，这里再列举一些：特拉培：《圣奥古斯丁恩宠论导论》，罗马，1987年；马拉皮奥蒂：《处于法律与恩宠之间的人——关于奥古斯丁精神与文字的神学研究》，布雷西亚，1983年；西蒙斯，"奥古斯丁恩宠教义的核心和基本思想"，见《蒙克神学杂志》第34期，1983年，第1-21页；图拉多，"恩宠与自由在奥古斯丁和马丁·路德的学说中"，见《奥古斯丁研究》第23期，1988年，第483-514页。[A.Trape, *S.Agostino. Introduzione alla dottrina della grazia*, Citta Nuova, Roma, 1987;D. Marapioti, *L'uomo tra legge e grazia. Analisi teologica del de spiritu et littera di s. Agostino*, Brescia, 1983; W.Simons, "Anliegen und Grundgedanke der Gnadenlebre Augustinus," in *Muncher Theol.Zeitschrift* 34 (1983), pp.1-21; A.Turrado, "Gnacia y libre en sanAgustin y en Lutero," in *Estudio Agustiniano* 23(1988), pp.483-514.]

动力归因于人，就可以解决问题。不用说这个解决方案显然更加表面化，而且不实际。本质上，把朝向救恩的第一动力归因于人，而天主导引人归向祂的绝对第一因就被否认了。所以教会的反应可想而知。这方面有两个文件非常重要，由于篇幅局限，我们不深入介绍它们。它们是：切雷斯梯尼条款（Indiculus Coelestini）（参考 DS238-249）和奥兰治（Orange）主教会议规条（参考 DS370-395）。关于第一个文件，我们提示几点：任何造物让天主喜悦的一切，都必然是来自天主（第五章）；每一个善意和善愿的动力都是来自天主（第六章）；天主是一切美善效果和一切美善作为的作者，起自信仰初始，所以天主的恩宠是人的一切功劳的内在动力（第九章）；只有通过基督，人才可能善用自由意志（DS242）。奥兰治（Orange）会议也肯定，恩宠帮助我们向天主呼求，恩宠是必须的，为了使得我们滋发远离罪恶、获得成义的渴望，以便开始和增加信德等（参考第 3-7 章）；只有通过天主的慈悲，才可能获得洗礼的恩宠（第八章）；特别强调天主的"帮助"对于行善的重要性（第九章）；恩宠先于一切功劳（第十八章）；如果缺乏天主的慈悲，任何人都不可能获得救恩（第十九章），如果没有天主的召叫，人没有能力做任何善事（第二十章）；法律和本性不能使人成义，只有耶稣基督使人成义，这样耶稣基督也把法律带向完满，被第一亚当腐败的人本性也获得治愈（第二十章）；至于人自己，任何人都难免于谎言和罪（第二十一章）。

　　关于因信成义，关于天主恩宠对于人获得救恩的绝对首要地位，这些问题在宗教改革运动中变得更加尖锐。对于马丁·路德来说，成义是基督信仰的基石，"articulus stantis et cadentis ecclesiae"（决定教会站立或者跌倒的信条）。马丁·路德认为，人由于原罪而腐坏，没有任何能力行善，也没有自由。基督的救赎必须关系到整个人，如果一个人不是全部丧失了，那么或者基督是多余的，或者基督只是这个人部分的救主。[①] 但是耶稣基督使我们与天主圣父完全和好了，从这个意义出发，马丁·路德发展出了他的"称义"理论（中文天主教翻译为成义，新教翻译为"称义"，外文没有区别，但是含义有些不同。译者注）。称义，是耶稣基督救赎大业在人的生命中产生的结果。称义的基础是天主的正义，天主的正义使得罪人得以矫正。我们依靠把我们矫正的天主的正义而成为义人；由于耶稣基督的功劳，天主没有将罪恶归咎于我们。我们永远不能认为归于正义是我们自己的功劳。我们被归于正义完全是由于基督的救赎（solus Christus 唯基督）；也只有依靠信仰，我们本人才可能追随正义（sola fide 唯信仰）；信仰是耶稣基督和天主圣神在我们的生命中促生的行为，在任何时候都不能认为是我们自己的功劳，因此，称义完全是来自恩宠（sola gratia 唯恩宠）。基督徒由这种方式从罪中获得自由，重新朝向天主。从此而可以行善，如

----

① 马丁·路德：《论奴性意志》（W.A. 18），第787页。[M. Lutero, *De servo arbitrio* (WA 18), p.787.]

同从好的果树上结出好的果实。但是面对天主，这些善行永远不是人的功劳。①

面对马丁·路德的学说，特利腾大公会议希望建立天主教的成义教义。这种愿望用一个大篇幅的法令表现出来，其中包括一个序言，一共16章，33条（参考DS1520-1583）。该法令开始的几章介绍亚当之罪的普遍性；所有的人都需要基督救赎的必要性；由于基督的激情（passione，这个词中国教会传统上翻译为基督的受难，原来确实指耶稣基督的受难或者殉道圣人的牺牲，但是这个词的本义是强烈的、几乎无法控制的激情，或者程度轻一些的热情、爱好、信念，或者情欲，可以用来指对信念、理想、事业、爱好的投入及牺牲精神，或者对某人的炽热爱情。那么为什么会用来表示耶稣基督的受难和圣人的牺牲？因为基督的受难是出于天主对人类的爱，以及圣子对圣父

---

① 麦格拉思：《天主的正义——基督宗教关于正义的教义发展史》第二卷，剑桥大学，1986年；索特：《"称义"作为新教神学的基本概念》，慕尼黑，1989年；威克斯："正义与信仰在马丁·路德神学思想中"，见《神学研究》44期，1983年，第3-30页；冈萨雷斯·蒙特斯："走向天主的行程中的信仰与理性在马丁·路德神学思想中"，见《托马斯思想研究》110期，1983年，第513-516页。其中包含一个关于马丁·路德研究的丰富参考书目。施瓦根："马丁·路德关于救赎和称义的教义"，见《天主教神学杂志》106期，1984年，第27-66页。丰富的参考书目还可以参考：佩什，《恩宠内的自由》。[A.S.McGrath, *Iustitia Dei, A History of Christian Doctrine of Justification*, 2 voll., Cambridge, 1986; G. Sauter, *Rechtfertigung als Grundbegriff evangelischer Theologier*, Kaiser, Munchen, 1989; J.Wicks, "Justification and Faith in Luther's Theology," in *Theological Studies* 44(1983), pp.3-30; A. Gonzalez Montes, "Fe y razion en al itinerario a Dion an Lutero," in *La Ciencia Tomista* 110 (1983), pp.513-516. R.Schwagen, "Zur Erlosung und Recht fertigungslebre Luther," in *Zeitschrift fur Katholische Theologie* 106(1984), pp.27-66. O.H.Pesch, *Liberi per grazia*.]

救恩规划的忠诚、执着，大无畏的、彻底的牺牲精神，东正教神学有句话是：天主对人类疯狂的挚爱。还有一句话是：天主创造人类是为了把人类带入新婚的洞房。所以，这个词表示爱的激情或者对某事的激情。指情欲是因为它是宇宙中最强大的力量，渴望合一的力量。译者注），他的功劳流布所有的人，使人得以成义。接着法令进入关于成年人成义的准备，首先确认，只有依靠天主的恩宠，成义才能够开始，并且最终实现成义，彻底排除了人的任何先行功绩（参考 DS1525，1528，1551-1553）。不过，同时在没有减少任何恩宠至上优先的原则下，我们坚持人的合作及接受恩宠的自由，而且这本身也是恩宠的果实。大公会议非常谨慎地在这个背景中引用了两段圣经章节，《匝加利亚》1:3 和《罗马书》5:21。在《匝加利亚》书中，天主召叫人皈依祂；在《罗马书》，是我们呼求天主让我们皈依于祂，直到实现皈依（参考 DS1525，1554-1555）。所以，恩宠要求在人这方面对于恩赐的认可和接受，以及积极合作，从而保证不会失去恩宠绝对的首要地位。

之后，法令谈到成义本身。在这里，与前面已经强调的接受恩宠的自由一起，同时坚持成义所带来的人内在生命的转化：这不只是罪的赦免，而且是"人的内在生命圣化和革新"（DS1528）。沿着这个线索，继续指出成义的不同原因，阐明了天主的正义是塑形因（*formale* 中文经常翻译为形式因，见前面对于 *forma* 的解释。译者注），并不是因为天主这样做祂才是正义的，而是因为祂就是那位正义者，只有通过祂，才能让我们人类成义。通过天主的正义，我们的理性精神被革新，所以我们并不只是被宣告是正义的，而是我们真正确实成了正义的。我们每个人获得了自己的正义，这根本从来不是出自我们自己的正义，因为这是来自天主，即使我们都是通过这个正义被归正（DS1529，1547，1560-1561）。成义，不只是在于罪的赦免，也不只是在于基督使我们成义，也不只是在于天主的助佑，而是在于来自天主的恩宠、仁爱和正义成为我们自己"内在固有的"（DS1536，1547，1561，法令第11条）。大公会议并没有使用学院派语汇，而是简明地确认，被成义的人是整个地获得了转化。在获得了成义转化的人的生命中，不只是与天主的关系发生了改变，毫无疑问这当然是最重要的和首要的（DS1524、1528定义，义子关系、友谊），而且是进入一种全新的生活方式。被成义的人确实成了正义的，而不只是被宣告是正义的。所以，人的自由，与恩宠合作准备成义，以及成义之人真正的转化，是特利腾大公会议的两个核心点。因此，天主教教义，对于恩宠的首要地位没有任何阻碍，而是把这一切看作恩宠的结果。

"因信成义"也是特利腾大公会议的训导内容（DS1531-1534，1559，1561-1563）。大公会议首先肯定，如果信仰没有与希望和爱德合一，那么这样的信仰也就没有完全地与基督合一；信仰是出于爱而行动（迦5:6），是慕道人在接受洗礼之前，向教会请求的信仰。沿着这个线索，大公会议指出，信仰是人成义的开始。如果说大公会议很谨慎地表达因信成义，那是因为在当时的神学观念中，这首先是认同天主向我们启示的真理；但是这个定义并没有采用圣保禄关于信仰的普遍观念，那使他毫无限度地把成义依赖于信仰。因恩宠而成义，这意味着，在成义前，此恩宠没有任何许诺。这个观念与因信成义的观念被并列设置，但是圣保禄教导中的这两个方面的关系并没有完全阐明。最后谈到成义和罪得赦免的确定无疑。任何人都不能因坚定的信仰而肯定自己的成义，因为尽管不能怀疑天主的慈悲和基督救赎的效果，以及圣事的效果，但是却需要质问自己个人的投入。在后面的章节中我们会谈到特利腾大公会议相关方面的其他训导。[①]

前面我们刚刚谈到在马丁·路德的神学思想中，成义学说占有中心地位，而特利腾大公会议发展了马丁·路德当时的这个成义学说。在后来的几个世纪中，人们承认在天主教和新教关于这个概念之间，曾经有一个完全不同的关键点。今天我们仍然不能说问题全部解决了，不过毫无疑问，这个问题的环境

---

① 罗维拉·贝利奥索：《特利腾：一个神学解读》，巴塞罗那，1979年，第153–244页，关于神学人论方面参考258–299页。[J.M.Rovira Belioso, *Trento. Una interpretación teológica*, Herder, Barcelona, 1979, pp.153–244.]

发生了变化。[①] 它表明，即使马丁·路德并没有以学院派方法系统地阐明他的观点，但是并不能因此而确定他不承认成义在人生命中的效果；马丁·路德作品的价值也被重新审视；而且对于他认为人"同时是义人和罪人"（simul iustus et peccator）的观点，

---

① 参考：佩什，《马丁·路德和托马斯阿奎那的称义神学》，美因茨，1967年；《因信称义——马丁·路德的恩宠观与教会神学》，弗莱堡，1982年；佩什-彼得，《恩宠与成义教义导论》，达姆施塔特，1981年；"因信成义——马丁·路德与罗马天主教对话"，见安德森，《因信成义——马丁·路德与天主教对话》7，明尼阿波利斯，1985年；莱曼-潘能伯格，《生活与教会的分离？ 宗教改革时代和今天的称义、圣事和事工》，弗莱堡，1986年，其中包含了路德宗—天主教委员会关于成义的文件；罗瑟，"信理绝罚造成教会分裂？"见《天主教》41期，1987年，第177-196页，该委员会文件出版物似乎引起新教的批评；鲍尔，《关于成义有共识吗？》，图宾根，1989年；坎德勒，"称义——分裂教会？"，见《马丁·路德教理讲授和天主教对鲍尔的态度，对于教义和问题的共识》36期，1990年，第209-217页；马雷玛-普努尔，"关于成义有共识吗？马丁·路德和天主教关于鲍尔的声明"，见《神学期刊》55期，1990年，第325-347页；卡斯帕，"基本共识和教会团契论——天主教与福音派路德教会的普世对话现状"，见《神学季刊》167期，1987年，第161-181页；穆里尔，"成圣和称义"，见《天主教研究》44期，1990年，第149-188页。维克："像义人和罪人一样生活和祈祷"，见《额我略大学期刊》70期，1989年，第521-548页；麦克索利，"罗马天主教与圣公会、路德教会对话中的称义教义"，见《多伦多神学杂志》3期，1987年，第69-78页。[O.H.Pesch, *Theologie der Rechtfertigung bei Martin Luther und Thomas von Aquin*, Mainz, 1967; *Gerechtfertigt aus Glauben, Luthre ist Gnade und Kirche*, Freiburg, 1982; O.H.Pesch, A.Peters, *Einführung in die Lehre von Gnade und Rechfertigung*, Darmastadt, 1981; "U.S.Luther–Roman Catholie Dialogue, Justification by Faith," in H.G.Anderson, *Justification by Faith (Lutherans and Catholocs in Dialogue, 7)*, Minnespolis, 1985; K.Lehmann–W.Panneberg, *Lebnveruteikungen-Kirchentrennend? I Rechfetigung, Sakramente und Amt im Zeitalter der Reformation und heute*, Freiburg, 1986. W. Loser, "Lebrverurteilungen Kirchentrennend?" In *Catholic* 41(1987), pp.177–196. J.Baur, *Einig in Sachen Rechtfertigung?* Tubingen, 1989; K.H.Kandler, "Rechtfertigung–Kirchentrennend?" in *Kerygma lutherische und eine katholiche Stellungahme zu J.Baur, Einig in Sachen und Dogma* 36(1990), pp.209–217; T.Maremma–V.Pfnur, "Einig in Sochen Reschtfertigung? Eine Lutherische und eine katholische Stellungnahme zu J.Baur," in *Theologische Rundschau* 55(1990), pp.325–347. W. Kasper, "Grundkonsens und Kirchengemeinschaft. Zum Stand des ökumenischen Gespraches zwischen katholischer und evangelischlutherischen Kirche," in *Theologische Quartalschrift* 167(1987), pp.161–181; G.I. Mulier, "Heiligung und Rechtfertigung," in *Catholica* 44(1990), pp.149–188. J.Wcks, "Living und Praying as simul Iustus et Pecator," in *Gregoriana* 70(1989) , pp.521–548. H.Mcsorley,"The Doctrine of Justification in Roman Catholic Dialogues with Anglican and Lutherans ..." in *Toronto Journal of Theology* 3(1987), pp.69–78.]

也不缺少从天主教方面给予重新解读的尝试。这些都基督徒是大公合一对话的基础。

成义，概括地来说就是，天主在人生命中的行为。恩宠，关于祂的首要地位，我们无论如何强调都不过分，祂在我们的生命中有着实实在在的效果，同时促生我们与祂自由合作。在成义的背景中，既不能以牺牲人作为代价来强调天主，也不能以牺牲天主来强调人。

恩宠作为神性父子关系的恩赐

对于这个主题的重视是有道理的，我们这本导论自从一开始就努力从人论的前提出发给予阐明。人被召叫与耶稣基督合一，只有在合一中才能够实现天主对人的计划。耶稣基督的身份首先表现在祂与圣父的神性父子关系上，那是与圣父独一无二的、不可克隆的关系。在某种程度上人被召叫与耶稣基督合一，因此同样召叫我们分享祂与圣父独一无二、不可复制的关系。

人被认为是神子，因此，神被认为是人类的父亲，似乎在很多宗教中都有这种观点。旧约中即使不经常重复，但是也认可这个观点。通常并不是与《创世记》相联系（作为特例引用的有《玛拉基亚书》：6；2:10），而是与以色列人民被拣选相联系（参考申 32:5；耶 3，4:19 等），尤其是达味王的后裔（参考撒下 7:14；哥前 22，10；咏 2:7）。《智慧书》也谈到天主是义人的父亲，在一些场合甚至以父亲的称呼呼求天主（箴言 3:12；训 23:1-4；

智 14:3）。但是，同时我们不要忘记在旧约中对天主也有"母亲"的观念。

不过在新约中突出的根本特征是耶稣基督作为天主圣父的独生子。在对观福音中记载了多次耶稣用自己的母语阿拉美文亲口呼求"阿爸"（谷 14:36）。此外，在所有情况下，当耶稣以天主为对话对象时，祂都称其为"父亲"，或者"我的父亲"，只有在马尔谷第十五章 34 节除外。在第四福音书中我们看到更加清楚的父—子关系，在耶稣的口中，"父亲"成为祂面对天主的普通词汇，同时把祂自己指定为"儿子"。在保禄书信中，许多次指出天主是耶稣基督的父亲；天主的父亲地位首先表现在耶稣复活的事件中（参考格后 1:3，11:31；罗 6:4；斐 2:11；厄 1:17）。

显然，只有在天主圣三的父子关系背景中，讨论人进入与天主的父子关系才有意义。耶稣基督是唯一有能力把我们带入与天主的父子关系中的那一位，因为只有祂拥有这种关系。因此，根据对观福音，耶稣对祂的弟子们说"你们的父亲"（参考谷 11:25；玛 5:48，6:32，23:9；路 12:30，32），而在教导他们向天主祈祷的时候称呼是"我们的父亲"（玛 6:9；路 11:2）。一方面表现出耶稣和弟子们与天主父关系的截然不同，祂自己不包含在弟子们的"我们的"之内。同时，显然，只有耶稣基督能够把弟子们引介进入与天主的特殊关系中。

相信耶稣基督的人就拥有与天主的父子关系，这也是保禄书信中我们熟知的主题。天主是人类的父亲，那是因为天主是耶稣基督的父亲（参考得前 1:1，3:11-13；得后 1:1，2:16；格后

1:2 ；迦 1:3）。在某些章节中，人获得义子地位的原因得到重要发展。最重要的章节是《迦拉达书》第四章 4-7 节和《罗马书》第八章 14-17 节，它们之间非常相似。在这两个场合中，信徒呼求"阿爸"，如同我们听到在耶稣口中呼求的那样。在这种与天主的父子关系中，天主圣神有着根本的决定性角色，其角色是作为天主圣父通过圣子派遣的圣神，或者父子之间关系的圣神（那是天主圣神自己，或者是圣神祂在我们人的生命中促生的态度）。圣子的使命，通过女人，出生在法律之下，采纳了人的条件，根据迦拉达书信，目的是把我们被束缚在法律下的人类救赎出来，进入与天主的父子关系。在这里，人获得救恩被表达为道成肉身的目的，含义就是作为义子进入与天主的父子关系中。呼求天主为父亲，作为父子关系的表达，只能依靠在我们内心发出呼唤的圣子的圣神来完成（根据迦 4:6），或者凭借我们向天主圣父呼求的孝爱精神（根据罗 8:15）。这两个章节的差异并不是根本的。二者在关于与天主的父子关系赋予继承权方面再次相吻合。《罗马书》所坚持的，是我们作为天主的后裔的条件，意味着与耶稣基督同在，如果我们与祂一起承受苦难，那么也将与祂一起获享荣耀。所以，在这里明确地指出了进入与天主的父子关系是末世的目的，高峰是与耶稣基督共享荣耀。如果耶稣基督借着死而复活的能力表现出祂天主之子的身份（罗 1:4），同样当我们的形象与耶稣基督完全合一的时候，我们与天主的父子关系也将得到完满实现。《厄弗所书》在第一章第 5 节中也指出，天主通过耶稣基督指定了我们的义子命运。我们通过耶稣基督获得拣选，确实的内容正是在这里。即使在这种与天主的父子关系中，后裔（弗 1:11）和作为此后裔地位的印证的圣神（弗 1:13）是不能分离的。在耶稣基督与天主圣父的父子关系中，和信仰耶稣基督的人与天主的关系中，对观福音里面有更加清晰的阐述：天主圣神作为复活的主耶稣基督的圣神，就是把人带入与天主的父子关系的那一位。

在《若望福音》中也有同样的动机。相信耶稣基督的人就在天主内出生，被耶稣基督生育（参考若望 1:12；若一 2:29，3:1，3:9，4:7 等）。如果缺少耶稣基督通过圣神的膏油在人生命中持续的临在，那就无法想象这种天主之子的生命（若一 2:20-27）；而且在若望书信中也强调了天人父子关系中的三位一体幅度，即使不像保禄书信中那样明确。

我们说过，天人父子关系是分享耶稣基督与天主圣父那独一无二、不可复制的父子关系。所以如果缺乏与耶稣基督的共融，就不可能生活在那种关系中。这种观点在前面的章节中我们已经看到。

现在我们简明列举一些新约中陈述这种关系的基本动机：对观福音告诉我们说，耶稣基督邀请我们跟随祂，分享祂整个的生活（参考玛 4:18，8:19-22，9:9，10:37 等）。天人父子关系概括出来一个线索，耶稣基督在世界上的历史生命就是参考点（参考玛 5:43-48）。对于保禄书信，基督徒的生命之所以成为可能，是因为耶稣基督生活在我们的生命中（迦 2:19），其标记是与耶稣基督同生死、同复活（参考罗 6:8，8:17；格前 15:22 等）。我们在什么程度上效法耶稣基督，耶稣基督的生命就在什么程度上出现在我们的生命中（参考迦 4:19）。"在基督内"，这个词非常频繁地出现在保禄书信中，语气色彩在不同的章节中稍微有些差别。我们向耶稣基督领受救恩，祂给我们打开救恩之门，祂同时也是基督徒生活的环境氛围。若望书信也一样，人的生命在于"保持在基督耶稣内（或者天主内）"，或者保持在耶稣基督的爱内，或者保持在耶稣基督的话语内（参考若 15:4-9；若一 2:24，27，3:6，4:12，16）。光明和生命的来源是耶稣基督本身，这在《若望福音》序言中已经指明（若望 1:8，3:19，8:12，6:57，11:25 等）。和耶稣基督在一起，分享耶稣基督从圣父那里获得的生活，就是信徒生命的核心和基础，也是人可以向往的最高境界。

　　为了补充我们这个快速浏览的题目，不得不需要提到神学传统中非常普及的一个概念：天主在人生命中的"居住"。根据《迦拉达书》第四章第 6 节，圣神的恩赐被派遣到我们的心中，还有保禄书信的许多地方提到圣神的临在（得前 4:8；格前 3:16-17，6:19；罗 5:5，8:9）；圣神的临在与耶稣基督的临在、天主的临在合一（参考格前 3:16-17；弗 2:20-22），在另外一些章节谈到"居住"主题时没有提到圣神（迦 2:20；弗 3:17；格后 6:16）。同样的主题也出现在若望文件中，一方面安慰之神居住在我们的生命中（若 14:15-17），同时由于圣神的居住，赋予我们能力而认识到天主居住在我们的生命中（若一 3:24，2:20、27，4:13-16）；圣父和圣子居住在遵行耶稣教导的人的生命中（若 14:23）。所以，根据新约思想，天主与人同住，我们发现其表述方式指出圣父、圣子、圣神三位的临在。

　　传统教义中关于三位一体在义人生命中的"居住"这个主题，

显然在福音中有坚实的基础。不过同时，需要注意到三位的临在是有差异的。圣神在我们的生命中促成或者展现耶稣基督和圣父的临在，但是从来没有反过来的模式。保禄书信中，有关神人关系主题的内容似乎很明显。在圣神内，我们与耶稣基督合一；通过基督，我们与圣父合一。天主亲自在我们生命中的临在，是我们"神化"的基础。只有当圣神临在于我们的生命中时，我们才可能真正地分享神性生命的奥秘。

"神化"（divinizzazione），在教父神学中是一个最重要的主题，内在地密切联系着神人父子关系、成为天主的肖像和肖似者的圣召这两条。"神化"，与"洗礼"带来的重生联系在一起，这来自人对耶稣基督，那位道成肉身的天主圣子的信仰中所带来的新的生命状态。事实上，道成肉身的奥秘是这个神学思想的基础：确切地说，道成肉身的目的，就是人的神化。保禄在《迦拉达书》第四章第4-6节中已经提示过这种思维方式。教父们，从依来内开始就坚持这个思想：天主圣子成为我们人所是的样子，为了使我们人可能成为天主祂所是的样子。① 与天主圣子道成肉身所形成的神化行为相关联的，毫无疑问需要联系到古老的关于"吸纳"

---

① 依来内：《驳异端》第五卷；奥尔布："圣依来内的神学思想"，见《天主教社论》，1985年，第48-51页；拉达利雅：《神学人论》，第214页；圣伊拉里奥·迪普瓦捷：《三位一体论》第一卷，第11页；纳齐昂的圣额我略：《讲道集》35,88；圣奥古斯丁，《讲道集》121,185（PL 38,680；697）；《三位一体》第四卷2:4；《天主之城》21，15。[Ireneo, *Adv. Haer.* V; A.Orbe, "Teologia de san Ireneo," I, in *Editorial Catolica*, Madrid, 1985, pp.48–51; L.Ladaria, *Antropologia teologica*, p.214; S. Ilario di Polieres, *Trin.* I, p.11; Tr. Ps, 2,17,47; S. Gregorio Nazianzeno, *Or.* 35,88; S. Agostino, *Sermo* 121;185 (PL 38,680; 697); *Joh ev.* II 15; XII 8; *Trin.* IV2,4; Civ. Dei, 21,15.]

的教义，在某种程度上，当然不是狭义意义上道成肉身的圣言与全人类本质的合一。[①] 在实现与耶稣基督的合一中，始终不能忽略圣神的角色。在耶稣复活后，圣神的恩赐把基督的救赎带向完满。是依靠圣神的能力，我们才得以分享基督的救赎。恰恰是在神化过程中圣神的角色，在关于圣神神性问题的争论中最终起到了决定性作用。如果圣神是使人神化的那一位，当然祂自己必然是神；如果圣神不是神，祂当然不能把我们与圣父联系在一起。[②] 如果不与三位一体教义内在地密切联系，就不会有关于神化的任何教义。人的奥秘需要在三位一体的奥秘中去反省。依靠圣神，我们与基督合一，成为天主之子。圣神居住在我们的生命中，如同居住在圣殿中，与圣神一起的还有圣父和圣子也同时居住在我们的生命中。如圣奥古斯丁所坚持认为的，临在于人的生命中的恩宠和圣神就是同一位。

在中世纪，更加强调天主向"外"的作为是天主三位一体共同运行的。这个思想在圣托马斯关于天人义子关系的教义中非常明显。托马斯认为，是完整的三位一体接纳我们作为义子，因为即使在天主内部"生"子是属于圣父独有，然而关于造物的任何

---

① 拉达利雅：《神学人论》，第34页；默施，《基督奥体》，布鲁塞尔，1951。[L.Ladaria, *Antropologia teologica*, p.34; E.Mersch, *Le corps mystique du Crist I, Desclee*, Bruxelles, 1951.]

② 圣奥古斯丁：《讲道集》19-24；圣巴西略：《论圣神》9, 23;15,36; 16,38; 24,55-57; 25,61；纳齐昂的圣额我略：《讲道集》31,29；亚历山大的圣卡里力奥：《若望二书释读》第二卷1，第十一卷11；西莫雷蒂：《第四世纪的亚略危机》，罗马，1975年，第487-494页。[S.Agostino, *Ad. Ser.* I 19-24; S.Basilio di Cesarea, *De Spiritu sancto*, 9, 23;15,36; 16,38; 24,55-57; 25,61; S.Gregorio Nazianeno, *Or.* 31,29; S.Carilio d' Alessandria, in *Joh.* II 1; XI 11. M. Simoretti, *La crisi ariana nel IV secolo*, Roma, 1975, pp.487-494.]

效果都是三位一体共同的作为。因为哪里有同一神性，那里也有同一力量和运作。[①] 通过教义中的"专有"（appropriazioni 专属）[②]这个概念，使我们不会完全忽视天主的行为中三位之间的差异。即使从这些相同的原则出发，也必须强调天主在人生命中的存在，而无需进一步区分，圣托马斯常常谈到圣神通过恩宠在人的生命中的特殊"使命"。[③] 另一方面，他也同时指出，恩宠的每一个恩赐都是通过耶稣基督的人性而赋予我们。[④] 三位一体对"外"行动上的共同执行原则，在某种程度上使我们忘记了恩宠赠予过程中的"三位"层面，而这在圣经和早期的教会传统中都很清楚，伟大的经院派大师们的特征也在很大程度上被遗忘。不过并不能说这个观点已经完全消失了。在十七世纪，佩塔维奥（D. Petavio）尝试重新发展教父思想，二十世纪有舒奔（M. J. Scheeben）努力推动突出圣神在人的成圣和天人父子关系中专有和特殊的角色。[⑤]重归圣经和教父根源，以及对经院派大师们的研究，为革新这些神学核心题目中"恩宠"所具有的三位一体和基督论层面做了准

---

① 《神学大全》第三卷，问题25:2；第三卷，问题32:3；第一卷，问题33:3；"我们称整个三位一体为我们的父亲"（toti Trinitati dicimus Pater noster）；圣奥古斯丁：《论三位一体》第五卷11，12。[*Sth* III, q.25,a.2; III, q.32,a.3; I,q.33,a.3, S. Agostino, *De Trin.* V 11,12.]

② 《神学大全》第三卷，问题23:2，问题3:5；弗兰森"救恩奥秘系列丛书"第九卷，第116–118页；孔格：《我信圣神》第二卷，布雷西亚，1982年，第97–109页。[*Sth* III, q.23,a.2; q.3,a.5. P.Fransen, in *MySal*, vol IX, pp.116–118; Y.Congar, *Credo nello Spirito Santo*, II, Brescia, 1982, pp.97 109.]

③ 《神学大全》第一卷，问题43:3。[*Sth* I q.43,a.3.]

④ 《神学大全》第三卷，问题19:4，问题48:2。[*Sth* III q.19,a.4;q.48,a.2.]

⑤ 《基督宗教的奥秘》，莫塞利亚纳，1953年，第127–135页。[*I misteri del cristiamesimo*, Morceliana, 1953, pp.127–135.]

备。同时，相对于天主的临在所产生的效果，更加强调天主亲自
在人生命中的临在本身。①

"恩宠"就是神性的父子关系，这可以确定为，通过天主圣
神使人得以分享耶稣基督与圣父独一无二、不可复制的父子关
系。自从第三章到现在，我们一直在强调，需要肯定这样一个事
实，那就是，如果缺乏基督论的介入，就不可能从神学层面谈到
人的完满。与耶稣基督的形象合一，是天主自从创造世界之初的
规划，是在基督的生命内我们被召叫。同样，如果离开神性的父
子关系，我们也无法理解耶稣基督的身份。神性的父子关系是耶
稣基督身份的基础（谷 1:11），新约认为这也是耶稣基督天主身份
的基础，先于世界的受造祂就与圣父永远同在的基础。这个神性
父子关系，在耶稣基督作为人的历史性生活中的具体方式，天主
圣神的角色是最根本的，祂使得道成肉身成为可能（参考路 1:35；

---

① 参考前面我们提到的参考资料，另外补充：朗戴，《基督的恩宠教义及教义神学发
展史》，亚西西，1966年；《恩宠神学》，巴黎，1964年；卡尔拉纳，《"非受造恩
宠"学术概念成立的可能性——人论中的超性问题》，罗马，1969年，第123-168页；
穆伦，《位格的圣神》，阿申多夫，1963年，第274页；舒奔，"关于人神化的教义的
正确表达"，见《弗莱堡哲学和神学杂志》34期，1987年，第2-47页；法留贾，"神化
与当代神学"，见《天主教文明》138期，1987年，第236-249页；塞斯布埃，《耶稣基
督唯一中保》，保禄书局，1990年，第225-252页。[H.Rondet, *La grazia di Cristo. Saggi
su storia del dogma e di teologia dogmatica*, Citta Nuova, Assisi, 1966; *Essais sur la théologia
de la grace*, Beauchesne, Paris, 1964; K.Rahner, "Possibilita di una concezione scolastica della
grazia increata," in *Saggi di antropologia soprannaturale*, Paoline, Roma, 1969, pp.123-168;
H.Muhlen, *Der Heilige Geist als Person,* Aschendorff, 1963, p.274; Ch.von Schonborn, "über
die richtige Fassung des dogmatischen Bergiffi der Vergottlichung des Menschen," in *Freiburg-
er Zeitschrift fur Phil. Und Theol.* 34(1987), pp.2-47; E. Farriugia, "Deificazione e teologia
moderna," in *La Civilta Catolica* 138 III (1987), pp.236-249; B.Sesboue, *Gesù Cristo l'unico
mediatore*, Paoline, 1990, pp.225-252.]

玛 1:20);是圣神在耶稣领受洗礼的时候给予敷油(参考路 4:19；宗 10:38),依靠圣神的力量耶稣宣讲天国、驱逐魔鬼(参考路 10:21；玛 12:28),祂被圣神交付于死亡(参考希 4:14)、从死人中复活、被立为天主圣子(参考罗 1:4,8:11；弟前 3:16；伯前 3:18)。复活的耶稣基督把圣神赐予相信祂的人们。所以,我们接受的圣神,那也就是耶稣基督的圣神,这是新约中普遍的模式。我们接受的圣神,也就是耶稣基督在祂自己的人性中所接受的圣神,为了使祂的人性成为全人类获得救恩的唯一泉源。圣神是在耶稣基督的历史生活中,引导祂迈步走向天主圣父的圣神,[1] 这位圣神也在我们人类的生命中运行。相对于在耶稣基督生命中的运行,圣神在我们的生命中运行自然地尊重必要的距离,不是完全一样。圣神的运行使得我们面对天主而生活成为子女,面对他人而生活出兄弟姐妹,成为耶稣基督的追随者。耶稣基督把祂的圣神赠予我们,这不是赠予我们外在于祂自己的东西,而就是把祂自己赠予我们。耶稣基督把祂自己的圣神赠予我们,使得我们得以分享祂的神性父子关系,祂与圣父的关系,这是祂最内在、最深刻的生命。鉴于永恒的神性父子关系,耶稣基督是天主圣父的独生子,因此,祂与圣父的关系才是独一无二的,那么通过圣神为耶稣基督的人性敷油,这人性成为人类获得圣神的唯一泉源,而耶稣基督成为众兄弟姐妹的长兄(参考罗 8:29)。以

---

[1] 巴尔塔萨:《神学》第三卷,《真理之神》,艾因西德伦,1987年,第220页。[H.U.von Balthasar, *Theologik* III. "Der Geist der Wahrheit," Johannes, Einsiedeln, 1987, p.220.]

这种方式，人类得以分享圣子独一无二的条件。这是圣子和圣神使命的奥秘：圣父向世界派遣了圣子，为了使人类获得义子地位；圣父派遣圣子的圣神在我们的心中，帮助我们有能力认识圣父，喊出：阿爸！[①]

　　在恩宠内的生命，是分享三位一体的生命，为了让我们得以效法耶稣基督。其实现只能通过圣神。如果圣神在我们生命中的临在，与圣父派遣来敷油耶稣基督的圣神有关系，那么我们就不能认为三位一体圣父、圣子、圣神在我们的生命中无差别地临在，我们与三位也不是同样的关系。圣父是我们义子关系中唯一的主体。耶稣基督向我们启示天主如同父亲，同时也彰显祂自己是子。那位作为耶稣基督父亲的圣父，也就是在三位一体内、在生命的奥秘中，使得我们人类成为祂的义子的那一位。通过义子关系，圣父自我赐予人类，成为我们的父亲，通过祂的圣子耶稣基督而爱我们，那是自永恒中爱了祂的独生子的爱。圣托马斯说，圣子是人类获得义子地位的典范原因。人类的义子地位是耶稣基督圣子地位的肖像。在这里我们需要注意，不只是永恒圣言的圣子地位，而且耶稣基督，道成肉身的圣子的圣子地位。通过道成肉身，圣子以某种方式结合了全人类，梵蒂冈第二次大公会议沿

---

① 　拉达利雅：《神学人论》，第282-299页；"耶稣的敷油与圣神的恩赐"，见《额我略大学期刊》71期，1990年，第547-571页；科尔扎尼：《神学人论》，第249-260页；博夫：《解放世界的恩宠》，里斯本，1976年，第211页。[L.Ladaria, *Antropologia teologica*, pp.282-299; "La unción de Jesús y el don del Espiritu," in *Gregorianum* 71(1990) pp.547-571; G.Colzani, *Antropologia teologica*, pp.249-260; l.Boff, *A graca libertadora no mundo*, Vozes, Lisboa, 1976, p.211.]

承古老的教父传统这样告诉我们。[1] 不过，尽管如此，不能忽略耶稣基督的复活和祂向我们派遣圣神，这也是人与耶稣基督合一的本质因素。依靠耶稣基督的圣神，我们有能力高呼："阿爸！父啊！"耶稣基督，让我们分享祂与圣父的父子关系的同时，祂成为众人中的长子（参考罗 8:29；希 2:11、17；玛 28:10；若 20:17）。圣神让我们与耶稣基督合一，同时也让我们人与人之间彼此合一。圣神使我们与耶稣基督的形象合一，而不是与圣神自己的形象合一，因为圣神是耶稣基督的圣神。在圣神内，通过耶稣基督，我们获得圣父（参弗 2:18）。人与天主三位一体中三位的关系以这种方式而不同，如前面我们讲解过，否则无法看到我们被召唤分享同样的三位一体神性生命。天主是一切受造物唯一的原则，也是人成圣的唯一原则。但是，天主是三位一体的，祂也以三位一体的方式与人保持关系。

人被召唤与天主共融，这个使命自创造之初就奠基了人作为位格存在的事实。因此，面对天主，我们每个人都是独一无二的，不可克隆的，而不只是人类中的一个个体。如果说耶稣基督的位格是由祂与圣父的关系而确立，那么我们的位格成长也决定于我们向天主和向他人开放的程度。我们的这个自由来自居住在我们生命中的天主圣神的运作。这样，神性父子关系成为人达到完美的标准，这是我们内在生命的本质。因为除了天主的计划，我们没有其他使命。这是无偿的，因为只有通过

---

[1] 若望保禄二世：《人类救主》（RH）8,13,28。[Giovanni Paolo II, *Redemptor hominis*, 8,13,28.]

神性自由的无偿自由恩赐，我们才可能达到目标。依靠天主的恩宠来规范和完善人之为人的受造生命。这完美只能来自天主自己。

谈到神性父子关系和天主的父性，包括了人与人之间的兄弟姐妹情谊。如果前者是天主的普世救恩意愿，包括了全人类，那么进入与天主的父子关系这就是我们唯一的圣召；同样人间友爱也拒绝限度。恩宠是兄弟姐妹共融的奥秘，我们从圣父那里接受了同一的圣神，彼此不论距离遥远或者相近，不论环境如何差异，如圣保禄对犹太人和异邦人所说，都不能暴力相待。全人类属于同一大家庭，其最后的基础是耶稣基督，终极亚当，通过祂，我们全人类都进入与圣父的共融。只有认可自己的生命和救恩都是来自恩赐，认识到自己被天主所爱，才可能在爱内如同兄弟姐妹一样对待他人。谁真正地爱自己的兄弟姐妹，也会真正地爱天主，因为这来自愿意热爱"爱"。① 只有当我们人类彼此感觉到是"我们"，也就是合一于耶稣基督内，我们才可能成为面对天主的一位"你"。也只有当人与人彼此相爱的时候，圣父通过圣子对我们的爱就会到达我们。罪，正是人与人之间团结的阻碍。谈到罪的问题，我们对天主的不忠诚会损坏到我们与他人的关系，这样我们就明白了恩宠生命的重要性，以及在耶稣基督的爱内诸圣相通的重要性。在教会内共融，彼此如同一个身体的不同肢体，每个人对于普世公益都是必要的，

———————

① 圣奥古斯丁：《若望作品》60:10。[S. Agostino, *in Johan.* LX 10.]

我们需要向所有的人开放，因为我们负有使命把福音传递给所有的人。天人父子关系和人与人之间的兄弟姐妹情谊，是彼此互相关联的概念。如同《若望一书》告诉我们那样："我们应该爱，因为天主先爱了我们。假使有人说：我爱天主，但他却恼恨自己的弟兄，便是撒谎的；因为那不爱自己所看见的弟兄的，就不能爱自己所看不见的天主。我们从祂蒙受了这命令：那爱天主的，也该爱自己的弟兄。"（若一 4:19-21）而若望的第二封书信是对前者的见证。恩宠论教义，尽管在传统上是围绕着个人而展开的，但是如果要获得其完整的意义，就不能忽略其团体层面。由此不可避免地涉及教会论，比如梵蒂冈第二次大公会议把教会看作是建立在三位一体共融基础上的共融团体（参考《教会宪章》LG4）。

恩宠作为人内在生命的转化　新创造

这个题目，在特利腾大公会议关于成义法令的基本内容中，我们在前面已经分析过。从不义到正义，从天主的敌人到朋友，这个转化过程就是成义的内容，如果缺乏人内在生命的圣化和革新是无法实现的。对于这个新人，总是需要依赖天主自己在人生命中的亲自临在，以及人在基督内成为天主义子的身份。现在我们对此简短分析一下。

关于恩宠论神学，传统上引用最多的圣经章节是《伯多禄后书》第一章第 4 节：祂"借着自己的光荣和德能，将最大和宝贵

的恩许赏给了我们，为使我们借着这些恩许，在逃脱世界上所有
败坏的贪欲之后，能成为有份于天主性体的人"。其中，"分享天
主的性体"与"逃离腐败的世界"对立排列。谈论的是人所处的
两种不同的环境条件。根据《伯多禄后书》第二章第 20 节，是
对耶稣基督的认识帮助人从腐败的世界逃离。告诉我们分享天主
的神性需要放入我们与耶稣基督的关联中、与腐败世界的对立关
系中考量。在保禄书信的一些章节中，有些关于"新造物"的表述，
对象也是与耶稣基督在一起的人。所以《格林多后书》第五章第
17 节明确指出："谁若在基督内，他就是一个新受造物，旧的已
成为过去，看，都成了新的。"《迦拉达书》第六章第 15 节也类似：
"割损或不割损都算不得什么，要紧的是新受造的人。"毫无疑问
在这些章节中都指出当一个人皈依耶稣基督后，会产生的生命状
态的变化，那是一种新的生命状态。尽管仍然是同一个人，可是
精神风貌却发生了改变。①这种新状态涉及基督徒深刻的内在生命，
即使在这里并没有对其内容进行明细分类。无论如何有一种情况
是清晰的：这种转化不是一种与耶稣基督的新关系，而是其结果。
是耶稣基督和圣神在我们生命中的临在，完全而彻底地革新我们。

在初期教会几个世纪内，并没有就人的这种新生命状态，从
人类学的角度给予很多反省，而是发展到经院派的时候做了很
多，尤其是圣托马斯，他的思想无疑对后世神学影响巨大。根据

---

① 若一3:9，"从天主出生的人们，拥有神的种子，所以不再犯罪，他们获得了行为处
事的新原则"。关于人的革新和重生也请参考弟3:5-6；伯前1:3；1:23。[I Gv3,9, i nati
da Dio hanno un germe divino, e quindi non possono peccare ,c'è un nuovo principio di operare.]

托马斯的观点，人被召叫看到天主，可是依靠人自己的本性能力无法实现这个目标，而是需要针对这个目标获得来自天主因人施教的专门帮助，并且"提升"人超越单纯的受造物本性。这种"助佑"就是恩宠，其唯一泉源是天主的爱和天主对人的善意，没有其他。天主的爱，在人的生命中创造和促生人所渴望的爱。所以在人的生命中产生一种效果，也就是我们生命状态的转化。我们的灵魂被提升，被改变，获得对神性生命的分享，成为超性存在，从而使得人内在的生命发生改变，有能力实践三超德（信德、望德、爱德）。成义的人依靠恩宠而获得一种新的生命方式，一种新的"习惯"，或者稳定持久的定性，不过这种定性并不是固定的本质，因为那只是在一个已经构成的实体上的附加，所以是"附加的"。这就是常恩，是天主的爱在人的生命中产生的效果。这样，人的成义，就是他与永生有关的行为原则。不过对于圣托马斯来说，这种新的品质或者习惯，从来不能脱离天主，不能独立于天主之外。①

　　对于这些概念在这里由于篇幅限度不能深入其历史细节。马丁·路德拒绝这个概念，因为他以为恩宠是人所拥有的。特利腾大公会议，我们知道，坚持认为成义的人是内在生命发生了改

---

① 《神学大全》第一、二卷"论美德"，问题108-110；奥雷：《经院哲学中恩宠教义的发展》第二卷，弗莱堡，1942年；菲利浦：《论人与永生天主的位格联合——关于受造恩宠的起源和意义》，鲁文大学，1989年。[Sth I II, q.108-110; De Ver. Q.27-29; J.Aure, *Die Entwicklung der Gnadenlehre in der Hochscholastik*, 2 voll, Herder, Freburg, 1942; G. Philips, *L'union personelle avec le Dieu vivant. Essai sur l'origine et le sens de la grace cree*, University Press, Leuven, 1989.]

变，虽然谈到恩宠或者人"固有的"正义，但是避免使用学院派语汇。成义之人的新状态可以用很多不同的方式表述。

在当今的神学思想中，关于人的这种内在转化，一般认为是天主在人生命中临在的结果，而不是如过去经常认为的是前提。原因很清楚，任何受造恩宠都没有能力提供足够的资格与天主共融；只有天主自己可以把人带向祂。天主以祂自己在人生命中的亲自临在而圣化人，这在我们作为受造的生命中产生效果。我们在接受"恩宠"的同时，接受在我们的生命中形成恩宠的天主自己。我们的新生命状态来自天主亲自的行动。[1]

对于受造恩宠或对人的内在转化的坚持，除了保证人从来不能独立于天主之外，还会确保人被视为在每时每刻都是处于天主面前的主体。恩宠是自由的力量，解放的力量，赋予人行善的能力，因为可以帮助人走出自私和罪恶的奴役。如果我们说，人需要在自由中才能够实现自己，那么当我们面对那位赐予我们救主耶稣基督的天主本身的奥秘时，也同样会获得实现自己的自由。显然，这时，自由是恩宠的果实，[2]因此有能力带来最高的实现，有能力回应那位通过耶稣基督把自己自我恩赐给我们的天

---

[1]　这里试图改变关于恩宠是"附加"的，或者有效因的成果促成我们的革新。参考卡尔拉纳：《关于信仰的基本问题》谈到"几乎塑型的有效因"，关于非受造恩宠的学院派概念的可能性。天主在传递祂的神性生命的同时，赋予万物完满的结构性实现。关于个人的效因，参考穆肯：《作为位格的圣神》，第274页。[K.Rahner, *Corso fondamentale della fede*. H.Muhken, *Der Heilige Geist als Person*, p.274.]

[2]　圣奥古斯丁：《精神与文字》30、52；卡尔拉纳：《关于自由的神学》第50、325–327页。[San Agostino, *De spiritu et littera*, 30, 52; K.Rahner, *Teologia della liberta*, pp.50, 325–327.]

主。自由不只是被拥有，而是被找到。①恩宠为自由赋予新的意义，并且为自由打开新的视野，如果缺少恩宠就无法期待自由。天主的爱，把我们从自己的罪恶中解放，赐予我们爱的能力，这就是自由。②自由是行善的能力，这并不是因为这种善是天主的恩赐，而不属于人的内在。天主之爱的主动性丝毫不削减人的责任，而是相反，是促生人的责任，助人有能力、有意识行善。天主的恩赐，不是让人放弃自己，而是相反，为了让人实现自己所是，让潜在的我们完全实现自己。这是根本的礼品，根本的恩宠，直到成为我们的，而且礼品仍然是天主的礼品。

这是天主教教义关于"功劳"概念的确切基础，这也可能会导致误会。如果我们谈论这个问题，不只是为了问题本身，而是为了天主的恩赐与赋予我们光明的自由之间新关系的层面，那么这里所谈的是一个结果，也就是成义的人面对天主，要为自己的行为负责任，每个人依据自己的作为获得奖赏。新约多次对此给予肯定（参考玛16:27；罗2:6，14:10-12）。不过，虽然如此，我们不能忘记在新约内已经发生改变或者相对化：门徒们是无用的仆人（路17:10，薪水与付出的劳动不匹配，参考玛20:1等，派往葡萄园工人的寓言），因为归根结底，现在的苦痛与未来我们将接受的荣耀是无法对比的（参考罗8:18；

① 佩什：《因恩宠而自由》，第367–402页。[O.H.Pesch, *Liberi per grazia*, pp.367–402.]
② 格雷沙克：《给予的自由——恩宠教义导论》，赫德，1977年；博夫：《在世界上赋予自由的恩宠》；冈萨雷斯·福斯：《人类友爱》，第10–11页。[G.Greshake, *Geschenkte Freiheit. Einfuhrung in die Gnadenlehre*, Herder, 1977; L. Boff, *A grace libertadora no mundo*; J.I.Gonzalez Faus,*Proyecto de hermano*, cc.pp.10–11.]

格后 4:17）。此外，人所行的任何美善都是天主的工程。永远占
首位的都是先爱了我们的天主的爱，而从人这一方面来说，最
合适的就是靠近这首先爱了我们的爱。这个观点对于托马斯来
说是一个基本原则：恩宠的目标是朝向永恒生命，与天主的共
融。只有当人神化了，他的功劳才可能对永生有意义，所以天
主是人的原则和目标。只有在这种背景下，谈论"功劳"才有
意义。① 特利腾大公会议在成义法令的第十六章发展了关于功劳
的教义（DS1545-1548，1576，1582），毫无疑问，这是该部法
令中最优美的一部分。其中首先引用了新约的一些章节，涉及
天主对于人的善行所承诺的酬报。这酬报（merces）同时就是
天主以无限慈悲通过耶稣基督向人类承诺的义子地位。对于任
何天主喜欢和值得的行为，基督的影响都是必要的，如同头与
身体的关系，或者葡萄树与葡萄枝的关系那样（参考弗 4:15；
若 15:5）。所有的善行都是与耶稣基督合一的表现。所以，人
无法自己达到正义，也不能炫耀自己的功绩，而是需要信任和
依靠耶稣基督，"面对人类，祂的善意无边无际，祂渴望祂的
恩赐成为我们的功绩"。② 我相信这句话可以作为我们整个基督
信仰人论最美丽的概括。天主对人类的爱就是希望在我们的生
命中，祂的成为我们的。神性的影响并不削弱人的个性，也不
削弱我们的主体条件，而是加强我们。"功绩"因而成为天主
恩赐的另一个层面。我们不能打破这个平衡，既不能忽视人的

① 《神学大全》第一、二卷，问题104:1。[*Sth* I II, q.104, a.1.]
② DS248.

自由，也不能忽视在天主引导下我们所能达到的生命完满，也不能忽视引导一切的全能天主的主动性。

成义的人是有能力行善的人，这不能因为其肇起于天主，而就否认与人没有关系，但是仅仅把被天主革新的人视为行善的原则是不够的。如果我们不想忽略，成义的人新的生命状态与促成他成义的天主之间的关系，那么天主的这种临在就应该从动态层面看待，在任何时候都把这种临在应用其中。人所行的一切美善，时时刻刻点点滴滴都来自天主，并且永远是在天主圣神的推动下达到新而又新。① 神学传统中的题目"现恩"，我相信不能只被认为是"成义的准备"。②

恩宠的目标是救恩。处于天主恩宠中的人是得救的人。不能认为，如同有时候发生的那样，恩宠似乎是简单的前进步伐，或者救恩的工具。恩宠是天主自我赐予，所以人的救恩只能在天主内，别无其他。恩宠，完全是耶稣基督的奥秘，促成人的实现和完美。如果在这个背景中考虑恩宠，我们不应该只是看到传统神学所发展的内在和个人的层面，常常这是被强调的层面，而是应该看到耶稣基督和祂的救恩工程的全部意义，包含教会团体，从耶稣基督出发我们可能对现实所具有的新视野。救恩，也就是恩

---

① 若17:5；迦1:15；费1:29，2:13；格前3:7；罗9:16；DS1525，1526，1541，1546，1553，1572等；《神学大全》第一、二卷，问题109。

② 奥雷：《关于恩宠的福音》，第285~300页；弗兰森：《人在基督内的新生》，"救恩奥秘系列丛书"5，第409~485页；卡尔拉纳：《恩宠论》，"救恩奥秘系列丛书"4，第358~402页。[J.Aure, *Il vangelo della grazia*, p.285~300; P. Fransen, *Il nuovo essere dell'uomo in Cristo*, in *MySal*, vol, pp.409~485; K.Rahne, *Grazia*, in *SM* 4, pp.358~402.]

宠，应该在人类生活的全部层面得到关注，认识到其临在，包括更加显而易见的和外在的。这些也是天主爱的彰显，以及天主临在的标记。在世界上接受和见证天主的善意和祝福，这恰恰是人类应该做的。在关于原罪论部分我们谈到"罪的结构"，如果罪是那些与天主的恩宠和爱相反的事物，那么这个观念也预设恩宠具有同样的外部现象，可以作为天主助益人类的媒介和表现。今天的神学很正确地在努力强化这一点，而对于过去常常谈到的"外在恩宠"给予重新解读和深化。同时强调在建设友爱世界的努力中，作为基督徒的责任，有义务让天主的爱和父亲角色在人类社会中更加鲜明。①

鉴于此，也谈到关于恩宠的经验，这是在近期出现的一个新课题。特利腾大公会议的教义，我们在前面分析过，排除人在成义方面的确定性，并不是说人生活在天主助佑中这个事实绝对处于人类认知的边缘，只有进入特殊的神秘状态才能够了解。可是新约似乎告诉我们，信徒是可以了解这种经验的（参考若 15:26，16:13；若一 5:20）。在灵修传统中常常谈到天主在人生命中临在的经验。尽管需要排除人对于恩宠的绝对认知、直接和即刻的认知，但是需要承认在我们的行为和生活中，可以间接地感觉到天主在我们生命中的临在和作为，尽管每当我们试图以为这是我们自己的拥有时，这种感受可能倏然即逝。

① 博夫：见158页注③；格雷沙克："人与天主的救恩"，见纽佩尔德，《教义学的问题与展望》，奎里尼亚娜，1983年，第275–302页。[L.Boff, pp.47–131(注释本章); G.Greshake, "L'uomo e la salvezza di Dio," in K. Neupeld, *Problemi e prospettive di teologia dogmatic*, Queriniana, 1983, pp.275–302.]

当代神学界关于恩宠的研究进路和发展各有不同，留有很多扩展余地，如果我们考虑到越来越有必要在世界上见证天主的爱和救恩，那么这个问题也就越来越迫切。[①]

---

① 卡尔拉纳，"关于恩宠经验"，见《信仰在世界中》，保禄书局，1960年，第73-82页，关于恩宠神学打开一个新里程；"经验圣神"，见《神学文集》第十三卷，本辛格，1978年，第226-251页，关于超性问题值得参考。佩什：《因恩宠而自由》，第421-437页；冈萨雷斯·福斯：《人类友爱》，第689-730页；科尔扎尼：《神学人论》，第260-263页；拉达利雅：《神学人论》，第310页；席列瑞克：《基督……》，其中关于经验有很丰富的资料。[K.Rhaner, "Sull'esperienza della grazia," in *La fede in mezzo al mondo*, Paoline, Alba, 1960, pp.73–82; "Erfahrung des Heiligen Geists," in *Schriften zur Theologie* XIII, Benzinger, 1978, pp.226–251. O.H. Pesch, *Liberi per grazia*, pp.421–437; J.I.Gonzalez Faus, *Proyecto de hermano*, pp.689–730; G.Colzani, *Antropologia teologica*, pp.260–263; L.Ladaria, *Antropologia teologica*, p.310; E.Schiliereeckx, *il Cristo*.]

第七章 末世完成——天主工程的完成和人的完满

　　基督信仰中的末世论观点将作为我们这个关于神学人论导论的结尾部分。[①] 在这一部分的题目下，介绍在这个领域内必不可少的两个交织的基本层面或者线索。一方面是天主对于世界和人类的计划，其开始的步伐起自世界受造之初，在耶稣基督来到世

①　这里提供一些一般性参考书：比菲，《基督宗教末世论纲要》，米兰，1984年；博多尼-乔拉，《耶稣基督是我们的希望 末世论文集》，博伦亚，1988年；凯希，《末世论》，维尔茨堡，1986年；马特莱特，《末世新发现 末世论与基督论》，巴黎，1975年；波佐，《此世之外的神学》，保禄书局，1981年；拉辛格，《末世论 死亡与永生》，亚西西，1979年；培纳，《维度之外 基督宗教末世论》，罗马，1981年；沃格里姆伦，《对末世实现的盼望》，弗莱堡，1980年；《救恩奥秘》第十一卷；巴尔塔萨，《天主的戏剧》第五卷；布尔乔内，《我信肉体的复活》，巴黎，1981年；格雷沙克-洛芬克，《末世-复活-不死》，弗莱堡，1982年；格雷沙克-克莱默，《死人复活》，科学图书协会，达姆施塔特，1986年；泽达，《圣经中的末世观点》，布雷西亚，1972年；维德凯夫，《末世论展望》，艾尼西德伦，1974年。[G.Biffi, *Linee di escatologia cristiana*, Jaca Book, Milano, 1984; M.Bordoni–N.Ciola, *Gesù nostra speranza, Saggio di escatologia*, Bologna, 1988; M.Kehi, *Escatologie*, Wurburg, 1986; G.Martelet, *L'au-delà rétrouvé. Christologie des fins dernieres*, Paris, 1975; C.Pozo, *Theologia dell'aldilà, Paoline*, Roma, 1981;J. Ratzinger, *Escatologia. Morte e vita eterna*, Assisi, 1979; J.L.Ruiz de la Pena, *La oltra dimension. Escatologia cristiana*, Roma, 1981; H.Vorgrimlen, *Hoffnung auf Vollendung Gnandriss der Eschatologie*, Freiburg, 1980; *MySal* vol XI; H.U. von Balthasar, *Teodrammatica* 5; H.Bourgeons, *Je crois à la resurrection du corps*, Paris, 1981; G. Greshake –G.Lohfink, *Naherwartung. Auferstehung. Unsterblichkeit*, Freiburg, 1982; G.Greshake–J.Kramer, *Resurrectio Morturun,* Wissenschafliche Buchgeselllschaft, Darnstadr, 1986; S.Zedda, *L'escatologia biblica*, Brescia, 1972; D.Wiederkehf, *Perspektiven der Eschatologie*, Einisiedeln, 1974.]

界上的时候达到高峰，并且获得意义，得到完成。另一方面，人作为天主救恩计划的对象，需要获得完满，而现在只是青涩未熟的果子，仍然处于希望的潜能中。显然这两个层面密切地关联交织，而且互相影响。

基督信仰末世论的原则

如果说在这个《神学人论导论》课程一开始的时候，我们就强调了该题目的基督中心特征，我们认为这是新约所指出的唯一正确方法，现在这个原则也同样适用于末世论。如果不是从"终极"视野出发去思考，那么讨论"终极问题"是没有意义的，或者说，从耶稣基督为"终极"去思考，除了祂我们没有其他期待（参考玛11:3；格前15:45）。在耶稣基督内有救恩，有人类的完满，因为在祂内世界和历史获得意义，决定其明确的取向。耶稣基督自己就是末世事件，基督徒全部的希望都在这里。

耶稣基督是末世事件，因为祂是天主圣父的启示者，是把人类带向圣父的唯一媒介。天主自己就是基督徒全部希望的唯一目标、绝对的未来和人类的命运。在基督徒末世论中，不是这个现世世界的未来作为主要对象，也不是局限在这个历史纪年框架中的事件上。只有通过耶稣基督启示的天主，才是末世论和我们期望中的全部终极问题的答案。如巴尔塔萨说，"天主是来到的天堂，是失落的地狱，是最后的审判，是焦渴的炼狱……就是祂通过自己的独生子耶稣基督向世人诉说的全部方式，也就是天主自我启示的可能性，因此也是终极事物的总纲"。① 基督信仰末世论的神学和基督学内容密切关联，决定了其基本特征。它首先不是描述宇宙未来的演变，也不是历史纪年最后的事情。在这方面，基督信仰末世论的内容与它的表达方法有一个区别（不是分裂），甚至在圣经里面也受到默示录的强烈影响。② 这并不是说在介绍末世论内容时要完全忽视图像的价值和它们不可替代的功能。我们只是为了强调图像的局限性，为了避免把图像所暗示的内容与图像现实本身混淆。天主的显现远远超越人类眼睛所看到和耳朵所听到的（参考格前 2:9），对我们所期望的事情尝试给予描述，这可能意味着对这个希望的破坏，正是所谓言不达意。那将可能是用这个世界范围的视野，述说完全超越的、不属于这个世界的事情，所谓坐井观天、夏虫语冰。

基督信仰末世论，如果是以基督为中心，那么其信息就是救恩。向人类宣告，完满的救恩通过耶稣基督实现了。如果耶稣基督全部的事件都是救恩事件，那么其最终显现必然也是救恩事件。所以，基督信仰末世论，不可避免地具有福音层面，属于"幸福之音"。我们知道，基督信仰非常严肃地肯定有人

① 巴尔塔萨："末世论"，见佩纳-特鲁奇-博克：《当代神学课题》，艾尼西德伦，1958年，第403–421页。[H.U.von Balthassar, "Escatologia," in J.Pener-J.Trutsch-F.Bockle, *Fragen der Theologie heute*, Einsiedeln, 1958, pp.403–421.]
② 阿尔豪斯：《默示录与末世论》，弗莱堡，1987年。[H.Althaus , *Apokalyptik und e Eschatologie*, Freiburg, 1987.]

受惩罚的可能性，因为只有这样才能够保证人真正的自由，确认人对于天主完全依赖的根本特征。同样清楚的是，这并不是耶稣基督信息的核心。历史和人类只有一条道路，耶稣基督的胜利是其担保，尽管不能肯定我们每个人都以相同的方式参与其中。

第三点，我们所期待的完满，是教会末世论的目标，这是已经拥有的完满，虽然仍然是青涩的果实，但却是现实可靠的。如果一件事情毫无影踪，那我们是不能以任何方式期待的，但是基督的救恩是我们已经知道的，在信仰中生活和经验了的，在教会生活的各个方面彰显出来的，尤其是在弥撒圣祭中被庆祝和宣告。卡尔拉纳认为末世论是现在通往完满的过渡。[1]耶稣基督因其复活，祂对于普世造物的统治权是现实的和有效的，不过在我们身上还没有完全彰显出来。现在与未来之间的这个张力是基督徒末世论的特征，这在新约中有很多表述。事实上，在对观福音中，我们看到耶稣说因着祂的来到世界，天国已经成为现实，并且肯定了人子在未来的再次来临。不论现在还是未来，这一点都是核心点，在祂本人身上得到统一。耶稣不是在指出一个与祂本

---

① 参考："末世论阐述的神学原则"，见《圣事与末世论文集》，罗马，1965年，第399-440页；席勒贝克，"关于末世论解读的反思"，见《大公会议》5，1969年，第58-73页；阿尔法罗，"末世论诠释与语言方式"，见《基督宗教启示中的信德与神学》，布雷西亚，1986年，第190-220页。[Cfr. "Principi teologici dell'ermeneutici di asserzioni escatolog che," In *Saggi sui sacramenti e sull'escatologia*, Roma, 1965, pp.399–440; E.Schillebeeckx, "Riflessioni su'interpretazione dell'escatologia," in *Concilium* 5, 1(1969), pp.58–73; J.Alfaro, "Escatlogia, ermeneutico e linguaggio," in *Rivelazione cristiana, fede e teologia*, Brescia, 1986, pp.190–220.]

人不同的未来。在《若望福音》中，尽管不能说未来的幅度已经完全在今天实现，但是特别强调救恩已经来到。只有从耶稣基督带来救恩的现实临在为出发点，未来的幅度才有意义。不过另一方面，完满地分享基督的荣耀需要首先分享祂的死亡。所有的人都必须面对耶稣基督十字架的审判。在救恩的现实性与我们期待中的未来，二者之间的张力不会因为牺牲一个方面为代价得到解决，而是需要同时关注两个方面。同样，也需要关注现实生活与未来之间的延续与断裂的问题。一方面，确实耶稣基督牺牲在十字架上向人类清晰地展示了祂的尘世生命与永恒荣耀生命之间的间歇；另一方面，复活的主身上带着祂受难的印记，那是祂尘世生命的继续。即使未来生命不是现世生命简单的延续，但是我们不能忘记未来至少依赖于现在。这个现实的过渡世界决定我们永恒的命运。因此，我们在这个世界上的努力，拥有着超越的价值。间歇和延续应该放在一起考虑。

主的末世莅临和人的末日复活

　　末世论信息，我们说过，实际上是耶稣基督的奥秘。所以在谈论耶稣基督在末世荣耀莅临的时候，包含了尼西亚信经和君士坦丁堡信经共同的宣告："祂将荣耀地再来，审判生者和死者，祂的神国没有穷尽。"只有在这个原则下，才可能理解信经的最后一条："我们期待死人的复活和来世的生命。"我们所期待的未来的中心，是我们的主耶稣基督在荣耀中显现，祂救恩工程的结束和完成。主的再来是初期基督徒最急迫的盼望，他们认为主会很快再来。如果说耶稣基督的复活已经宣告了祂的凯旋，可是这个王权仍然处于期待完满彰显的过程中。因此，主的末世再来是祂复活的结果，在那里我们仍在期待着的一切都具有一致性，比如普瓦捷的依拉里（Ilario di Poitiers）的美丽陈述。① 耶稣基督的再次显现于世界是祂整个救恩事件的完满完成，属于基督奥秘整体中本质性的一部分。事实上，在新约中，耶稣基督的两次临显于世界是并列放置在一起来考虑的（参考弟2:11等等）。自从圣尤斯丁开始，提到第一次和第二次"莅临"，二者一直内在地密切联系着。耶稣基督"再次"莅临，但是事实上祂从来没有离开过，而是一直与我们同在（参考玛28:20）。②

所以耶稣基督的末世莅临（parusia，其实这个词没有"再来"的意思，只是"莅临""造访"，比如君王、皇帝、领导去某个地方视察、出席，在古希腊和罗马神话中指神仙驾临。教会为了区别耶稣第一次来到世界上的出生，而对末世时的显现莅临用parusia，中文翻译传统中加上了"再"。我在文中翻译为"莅临"或者"显现"，有时可能也用"再来"，其实"显现"更符合本来含义。译者注），囊括在道成肉身天主圣子为了人类的救恩降生成人来到世界上的历史事件中，作为耶稣基督的这个唯一奥

---

① 《三位一体论》，第十一卷31。[De Trinitate, XI 31.]
② 培纳：《维度之外》，第174页。[J.L.Ruiz de la Pena, La otra dimension, p.174.]

秘中。天主圣父对人类之爱的独有动力，使祂派遣自己的独生子，由一系列事件构成一个独一的奥秘：降生、尘世生活、死而复活、世界末日荣耀显现。事实上，我们不能忽视"末世显现（parusia）"的其中一个层面，确切地说就是"启示"（参考弟2:11；梵二《启示宪章》DV4）。我们需要注意到新约中至少有一处直接提到天主圣父是耶稣基督末世显现的肇起者（参考宗3:20-21），如同道成肉身和死而复活都是来自圣父一样。正是由于与圣父的这种密切联系，对于剖析主耶稣基督在末世显现的神学意义，《格林多前书》第十五章第20-28节在新约中显得特别重要。亦如《哥罗森书》第一章第18节所说，耶稣基督是众人复活的初果，是进入死亡的人类芸芸众生中得以复活的长子。通过耶稣基督的来临，众人获得生命（亚当则带来死亡）。这将在人类历史结束时获得完全实现。依靠耶稣基督，一切邪恶势力都将屈服，死亡将被消除。在这个时候，耶稣基督要把王权交还给圣父，圣父派遣的救恩使命得以完美实现。这个使命，在耶稣基督死而复活中完成，由教会的时代延续，在这个历史阶段耶稣基督为全人类祈祷，直到末世在祂的荣耀莅临中，死亡和罪过将灰飞烟灭。圣父是救恩大业的起始，同时也是终结。与圣父的关系决定着耶稣基督的存在和行为，同时也是圣父的彰显。这就是耶稣基督向圣父交还王权和服从圣父的意义。[1]

　　在教父思想中，一再重复强调，并且用各种引人入胜的方法解读耶稣基督对圣父的服从和提交王权。整个教会还没有完美地服从基督，那是因为并非教会所有的成员都服从了。只有当教会整体以基督为头，自己为躯体，那时才是完满。这个教义与天主圣子接纳了整个人类在祂自己的生命中这个教义，二者不能割离。完全接纳有一个目标，那就是全人类与复活的耶稣基督，通过圣神的德能合二为一。另一方面，耶稣基督需要交纳给圣父的国度就是我们人类，是得救的教会，这是耶稣在世界上实践统治的国度，也是圣父的国度。[2] 所以末世耶稣莅临首先有着基督论

---

[1]　詹森："格前15:24-28 和耶稣基督的末世来临"，见《苏格兰神学杂志》第40期，1987年，第543-570页；佩拉曼："圣保禄与主的末世再来"，见《新约研究》第35期，1989年，第512-521页；瓦尼："从时刻的来临到基督降临"，见《传教学研究》第35期，1983年，第309-343页；佩罗：《基督的再来》，圣路易大学布鲁塞尔，1983年；卡斯帕："我们期待主耶稣基督在荣耀中的再来"，见《共融》第79期，1985年，第32-48页；格哈兹：《基督徒的更大的盼望——过渡中的末世观念》，弗莱堡，1990年；凯希："直到你荣耀再来——关于耶稣再来的新神学解释"，见普拉芒特：《超越死亡的希望》，苏黎世，1990年。[J.F.Jansen, "1Cor15, 24-28 and the Future of Jesus Christ," in *Scottich Journal of Theology* 40(1987), pp.543-570; A.C.Perraman, "Paul and the Parusia," in *New Testament Studies* 35(1989), pp.512-521; U.Vanni, "Dalla venuta dell'ora alla venuta di Cristo," in *Studia Missionaria* 35(1983), pp.309-343; Ch.Perrot e altri, "Le retour du Christ," *Facultes Universitaires saint Louis*, Bruselles, 1983; W.kasper, "La speranza nella venuta di Gesù Cristo nella gloria," in *Comunio* 79(1985), pp.32-48; A. Gerhards, *Die gröserre Hoffnung der Christen, Eschatologische Vorstellung im Wandel*, Freiburg, 1990; M.Kehi, "Bis du Kommst in Herrlichkeit, Neue theologische Deutung der Parusie Jesù," in J.Prammanter, *Hoffnung uber den Tod hinaus*, Zurich, 1990.]

[2]　德卢巴克：《天主教》，其中有非常丰富的参考资料。关于教义的社会层面，参考《研究》，罗马，1948年，第362-368页。近期的研究资料参考佩拉诺："马修·安赛尔关于格林多前书15:24-28的解读和神学"，见《额我略大学期刊》，第71期，1990年，第679-695页，其中包含丰富的参考书目。[H.De Lubac, *Cattolocismo,Studium*, Roma, 1948, pp.362-368; G. Pellano, "La théologie et l'eségèse de Marcel d'Ancyre zur 1Cor 15:24-28," in *Gragoriaum* 71(1990), pp.679-695.]

和教会论的幅度（参考"梵二"《教会宪章》LG8）。耶稣基督救恩大业的高峰、教会的完美，也是人的完美。每个人的完美实现，只有在救恩工程结束并且完成的时候才可能达到，那是耶稣基督彻底胜利的时候。只有基督工程的完满，才是人的完满之时。因此，天主教神学的绝大部分都强调，历史的结束作为救恩大业的实现和基督躯体教会的完满，这是每一个人完满实现自己的环境，这方面各学派之间风格稍微有差异，但是基本上一致。

主的末世莅临，同时也是祂的荣耀得以完满彰显和启示，正是因此，这是大审判的时候。耶稣基督是人类的终极标准，也是历史的中心。祂的显现意味着人类历史和我们每一个人的生命历程中全部疑惑的揭示。同时，耶稣基督就是末世审判的审判官和审判标准。在与主耶稣基督的相遇中，我们同时与我们自己的真实相遇。另一方面，审判实际上也是一天又一天，在我们自己通过对耶稣基督和对他人的接纳或者拒绝天主的态度中逼近（参考若 3:18，3:36，5:24；玛 25:31 等）。伴同这个审判区别，根据新约，我们不能忽视其核心本质在于救恩层面；当我们被审判的时候，天主的正义彰显（罗 3:26）；通过耶稣基督的十字架，世界已经被审判，这个世界的王子已经被驱逐出去（参考若 12:21）。如果基督的彰显实际上就是救恩，那么当我们考虑审判的时候，是不能忽视这个特征的。只是对于我们人类来说，很难区分正义与慈悲。但是天主是唯一泉源，不论是对于正义还是对于慈悲。①

　　末世中的莅临，既然是复活的主耶稣基督的统治和国度，那么这也是意味着人的复活。耶稣基督，复活的初果，也会在祂自己的荣耀显现中，复活所有属于祂的人们（参考格前 15:20-28；得前 4:14-18；弗 3:21）。如果在末世主的莅临中，复活的主耶稣基督的王权达到完满，这也意味着人类的复活。我们知道除非融合于耶稣基督，与基督的形象合一，就不会有救恩，因为人类被召叫的目标是拥有天人的形象。分享耶稣基督的复活使这一切成为可能，人将被复活的主耶稣基督的圣神所充满，自身的生命充满神气，被圣神所弥漫融合（参考格前 15:44-49）。②

　　如果耶稣基督的复活，囊括的是祂的整个人性，那么我们人类也就不会有任何方面或者任何区域被排除在外。我们也应该以完满的方式分享基督的荣耀。对于天主创造者和救赎者的信仰要求如此。从这个前提出发，如果说只有我们的一部分或者某方面分享基督的荣耀，那将是矛盾的，而且我们受造就是为了这个目

①　近期关于最后的审判的参考资料：金戈尔，"作为恩宠行为的最后的审判"，见《鲁文大学研究》第15期，1990年，第389-406页。[E. Jungel, "The last judgement as an Act of Grace," in *Louvain Studies* 15(1990), pp.389-406.]

②　参考：德洛伦兹，《基督与基督徒的复活》，罗马，1985年；奥伯林纳，《耶稣的复活 基督徒的复活》，弗莱堡，1986年；塞林，《关于死人复活的争论 围绕〈格林多前书〉第十五章的历史——宗教学和诠释学研究》，图宾根，1986年；"关于复活的问题"见《共融》意大利文版，第109期，1990年。[L.De Lorenzi, *Resurrection du Christ et des chretiens. Abbaye de s Paul, Rome*, 1985; L.Oberlinner, *Auferstehung Jesu, Auferstehung der Christen Herder.* Freiburg, 1986; S.Sellin, *Der Streit um die Auferstehung der Toten. Eine religionsgeschichtliche und exegetische Untersuchung von 1 Korinter 15, Vandenhoeck & Reprecht*, Tubingen, 1986; al tema della risurrezione è dedicato il n.109 gennaio–febbraio 1990 di 《Communio》nell' edizione italiana.]

标，也是朝着这个目标行进。另一方面来说，人对于复活的主耶稣基督的生命的完满分享，一直是教会所特别强调的。如果只肯定灵魂的不死，如德尔图良所指出，那将只是一半的复活。[①] 对于复活的信仰赋予基督信仰独有的特色，现在和过去一样，那是对于人完整的永恒生命的盼望。[②] 我们不能忘记，新约告诉我们，相信耶稣基督的人们，复活已经在洗礼中预先获得，已经是现实，尽管仍然隐藏着（参考罗 6:4-11；哥 2:12，3:1-4；若 5:24-25，11:25-26 等）。基督信仰中的末世论，涉及的不只是未来，也密切联系着当下的现在。这个现实层面帮助我们理解，为什么复活的概念必须围绕着与耶稣基督的生命共融才可能建立，必须是在完满的和神学的意义下，而不能只是在"身体"层面。事实上，"复活"这个词汇，在圣经和教会传统中，不是只有单一的含义：一方面有"中性"意义，指死人从坟墓中出来，接受救恩的奖赏或者失落的惩罚（参考若 5:28-29）；另一方面，在完整的意义上，"复活"指完满地分享耶稣基督的生命，所以更加积极。

自然地，我们肯定复活是人的生命向复活的主耶稣基督的形象完美地转化，对祂的生命的完满分享，可是这并不意味着我们可以知道它将如何发生。我们记得在刚刚开始这个题目的时候说过，我们无法描述那个我们期待中的世界。但是，无法找到

---

① 参考：《论死人复活》第一、二章。[De res. Mort. 1; 2.]

② 参考：尤斯丁，《对话》80:4；46:7；69:7. DS 2; 10; 801;859; 1002。梵二文件《教会宪章》LG48。参考书目请参考：费尔南德斯，《二世纪的末世论》，布尔戈斯，1979年。[S.Giustino, *Dial. Tryph.* 80:4; 46:7; 69:7. DS 2; 10; 801;859; 1002. A. Fernandez, *La escatología del siglo II*, Aldecoa, Burgos, 1979.]

合适的方式允许我们解释未来复活的景象，并不是说无法确定某些原则。

首先必须注意到，这个复活，不是对于受拣选的人们，而是耶稣基督自己的复活的延续。如果复活的主耶稣基督的统治权是普遍的，那么复活也应该到达所有的人的所有的全部层面。在教会传统中，复活的概念关注到人的肉体特征。如果没有肉体，人就不是完整的人。复活的肉体，这一生中我们作为肉体生命，标志着我们自己的这个肉体，那时将消泯一切歧义[①]：神气的肉体，充满圣神的肉体，将是完全共融的肉体，完全彰显我们自己的肉体，是完满实现个人位格的、个人化的肉体，而不再像在这个世界上那样仅仅是客体。复活，包括个人身份的完满实现，以及与他人的完满共融。这两者都是我们个人作为位格存在不可分割的方面，在复活和圣神的工作中，人的肉体将实现其所有的全部潜能和意义。

与肉体复活的问题不能分开的当然就是宇宙的转化。旧约和新约都谈到新天新地（参考依 65:17-21；伯后 3:13），尤其是在罗马书第八章第19-23节。复活的主耶稣基督的王权没有疆界。有时候这个问题被理解为宇宙在物质方面意义上的完满实现[②]，但是它必须与人的完满发展联系起来。那不只是宇宙中某些方面的转化，而是作为人的完满的其中一个转化因素（人是宇宙中唯

① 参考：维尔古莱，"肉体现象与复活神学"，见《宗教科学评论》第54期，1980年，第323-326页；第55期，1981年，第52-75页。[R.Virgoulay, "Phénoménologie du corps et théologie de la résurrection," in *Revue de Sciences Religieuses* 54(1980), pp.323-326; 55(1981), pp.52-75.]

② 参考：凯希，《末世论》，第240页。[M.Kehi, *Eschatologie*, p.240.]

——个天主为祂自己所保存的造物，因此在严格意义上可以说，人是天主唯一要拯救的对象）。如果宇宙是人类生命的一部分，为了人类而存在，人离开宇宙就不能作为人，那么人的完满也就包含与转化了的宇宙之间的新型关系。

此外我们需要注意到，物质世界并不只是天主最初所创造的那个，而且也包括人类工作和一切行为所产生的各个方面的影响。人类行为对于世界的末世价值是什么呢？梵蒂冈第二次大公会议文献《牧职宪章》第39条，面对这个问题找到了平衡点。人类发展不能与天国以及天国的成长相混淆，另一方面也不能说二者之间没有任何关系。对于未来世界的盼望，应该督促基督徒对当下担负责任，对天主的造物担负责任。根据梵蒂冈第二次大公会议精神，仁爱及其成果具有永恒的价值。人的尊严以及兄弟情谊的价值，大自然以及人类的努力，都依据天主圣神之风遍布各处，这些都将在未来那个获得转化的，以及清洁了一切瑕疵的宇宙中获得保留。《牧职宪章》38条指出，人类在地球上的服务在某种方式上是准备未来世界的"材料"。如果说我们需要注意到这个世界与未来世界之间的不同，如前面我们所讲到的，同样也需要注意到现在这个世界的超性价值，也就是二者之间的连续性。认识到这个世界在根本上的转化，并不是说可以忽略人类行为、人类的努力、仁爱的影响等等方面的永恒的价值，这些都是我们依据天主圣神的恩宠所完成的。如果我们相信宇宙的转化是天主的工程，那么就不能排除那些我们在天主的推动下所完成的工作的价值，这些其实在根本上也都是天主的工程。但是只有通过天主的评判，我们才将会最终知道什么是我们跟随天主的计划、天主的意志、天主圣神的指导而完成的。

生命与永恒的死亡

与耶稣基督合一包括分享神性生命。永恒的生命，分享天主自己的生命就是人类的终极命运。在新约中，关于人类终极命运的各种陈述，毫无疑问最重要的有以下几点：分享生命就是分享耶稣基督自己（参考若 3:36，6:35，11:24，14:6，与现在的关系参考谷 10:30；哥 3:4）；与耶稣基督在一起是新约各位作者谈到的永恒生命的基本要素之一（参考路 23:43；斐 1:23；哥后 5:8；默 3:20）；看到天主，这一点在教会传统中特别得到强调（参考哥前 13:12；若一 3:2）。这些题目都与基督耶稣不能分开。[1] 还有一些题目谈到天堂、荣耀、婚宴，以及与耶稣基督一起接受产业等等。即使很清楚将是耶稣基督带我们到达天主圣父那里，这是我们的起始和终极，但是新约告诉我们，不能忽视我们与天主的永恒关系中耶稣基督的媒介角色、与祂的共融、完满分享祂从天主圣父那里得到的生命，这些都是我们所期望的生命中非常本质的因素。

关于人类永恒生命的主题大多数都是教父们从圣经内容中发展出来的神学思想。对于依来内来说，人的不朽是人看到天主的

---

[1] 在3b中，取决于谈论的对象是"将要显现的圣言"，还是"将要自我展示的圣言"，如果谈论"我们将是"，那么在单独的句子中指的是天主。不过在若一2:28中，指耶稣基督在末世莅临的显现。

结果。"看到"，是由天主圣神和圣子所促生和带到终末实现的结果，最终允许我们看到天主圣父最根本的特征——父亲。此外，"看到"之所以可以实现，是因为我们在"天主内"，也就是通过与耶稣基督的共融，我们进入天主三位一体的生命。[①] 看到天主，是与歌颂、爱、喜乐、完美的安逸联系在一起的。[②] 人与天主共融，人与人共融，也是另一个经常出现的题目。[③] 所有这些主题都一直延续到学院派，圣托马斯做了一个漂亮的总结：

> 在永恒的生命中，第一件事情就是人与天主合一。也就是，天主自己就是我们一切努力的奖赏和目标。这种合一在于完满地看到。圣保禄曾经说："现在我们好像是通过镜子看到，仍然是模糊的谜；那时我们将面对面地看到。"（哥前13:12）赞美也是这样，饱饫也是如此。沉浸于诸圣共融的幸福中，这种共融将是非常让人欣喜的，因为每个人都与所有的人共享所有的美善。所以每个人都热爱其他人如同热爱自己，因此将为他人的美善

---

① 参考《驳异端》第四卷，20:5; 20:6–7；奥尔布："看到圣父以及不腐朽在依来内的思想中"，见《额我略大学期刊》，64期，1983年，第199–241页。圣托马斯有一个很有意思的章节非常与此类似，见8卷问题7："除了在荣耀中的人，没有人能看到荣耀"。[*Adv. Haer.* IV 20:5; 20:6–7; A.Orbe, "Visión del Padre e incorruptela según san Ireneo," in *Gregorianum* 64(1983), pp.199–241. Quod.8, q. 7,a.16 "Nullus potest videre gloriam nisi qui est in Gloria".]

② 奥古斯丁：《天主之城》22："我们将在那里安逸和欣赏，欣赏和爱，爱和赞美。这就是将会来到的再没有终结的事情"。[S. Agostio, *Civ. Dei* 22. "Là riposeremo e vedremo, vedremo e ameremo, ameremo e loderemo. Ecco ciò che avverrà nel fine senza fine".]

③ 普瓦捷的依拉里：《讲道》91:10："别无他求，因为什么都不缺乏：不会因嫉妒而竞争，因为我们将生活在共融中"。[Ilario di Poitiers, Tr. Ps. 91:10: "Nihil desiderandum est, quia nihil egendum est:non per invidiam aemulandum, quia in comunione vivendum est".]

而喜乐如同那是自己的。(《神学大全》2)

教会训导首先坚持的是看到天主："(真福之人)直接面对面看到天主的本质，不需要通过任何造物……看到神性本质直接清晰而开放地彰显，充满欢欣和喜悦……"(《赞美天主》宪章，本笃十二世，DS1000，参考 DS1305 佛罗伦萨大公会议)根据新约和教会传统，这种"看到"天主，不能理解为完全是理性的能力，而是应该在与天主的共融和分享天主拥抱一切的生命这个层面或者方式上去理解。

如果在新约中，永恒的生命来自与耶稣基督的共融，这对于初期基督徒非常清楚，可是在后面的一些时代，这个基督中心思想被忽略了，基督的人性在被特别强调看到天主时却被忘记了。但是近期由于对新约研究的发展，其中门徒们谈到耶稣基督的荣耀，以及祂在启示圣父奥秘中的功能不只是在这个世界上，在天堂也一样(参考若 17:24, 26)①。鉴于对耶稣基督人性的媒介作用方面所做的很多系统性研究，我们更加清晰地认识到这种媒介作用不只是限于在这个世界上。② 这种观点得到非常广泛的认可。这可以通过教父们的直觉来补充：看到天主并不仅仅"通过"耶稣基督的人性而发生，而是"在"这种人性中发生，因为人性已经深刻地属于耶稣基督不

① 阿尔法罗：《荣耀的基督，圣父的启示者，在基督论和人论中》，第156–204页。[J.Alfaro, *Cristo glorioso, rivelatore del Padre, in Cristologia ed antropologia*, pp.156–204.]
② 卡尔拉纳："耶稣基督的人性对我们与天主的关系的永恒意义"，见《神学论集》第三卷，艾因西德伦，1960年，第47–60页。[K.Rahner, "Die ewige Bedeutung der Menschheit Jesu fur unser Gott–verhältnis," in *Schriften zur Theologie* III, Benzinger, Einsiedeln 1960, pp.47–60.]

可分割的一部分，人的复活是"在"基督荣耀的身体中发生，"在"祂内我们获得圣父。[①] 耶稣基督获得荣耀后的人性，在我们与天主的关系中具有永恒的意义，"降生成人的天主圣子耶稣基督"（弟前2:5）的媒介功能不是仅仅限于这个世界。

关于天堂的思考必然带来对于地狱和永恒的死亡的思考。这种可能性由耶稣自己亲口表达过（玛25:31 等），这是人自由选择的结果。如果人没有真实的可能性拒绝天主，那么至少也就没有接受天主的可能性。与天主爱的共融，如果缺少自由接纳就是无法理解的。因此，人的完满实现，如果缺少完全失落的可能性也是无法理解的。两种可能性密切联系，互为依托。

思考地狱，不只是为了直接明白地狱是什么，同时也有助于明白天堂是什么。新约除了谈到永恒的火焰、哀嚎和咬牙切齿，也提到无法认识天主，被驱逐在永恒的黑暗中等等。与天主分离，就是根本的孤独，没有能力爱，是与他人及宇宙沟通的断裂。如果我们肯定人受造是为了天主，那么永恒的死亡就是截然相反的对立。而且也将是永恒的对立，这是人一生的生活所决定的结果。很多教会训导都提到这点（DS411，801，858，1002，LG48）。

这种可能的失落确实有，或者将会有吗？既然耶稣基督在世界上生活过了，那么我们应该想到恩宠的力量会大于罪恶的力量。天堂和地狱不是两个位于同一层面的可能性。在圣子道成肉

---

① 参考：奥尔布，《看到圣父……》，第207–209页；拉达利雅，《普瓦捷的依拉里的基督论》，罗马，1989年，第283–286页。[A.Orbe, *Vision del Padre...* (cfr. Nota 16), pp.207–209; L.F.Ladaria, *La cristologia di Hilario de Poitiers*, Roma, 1989, pp.283–286.]

身和派遣圣神中，天主已经与世界和好了，已经赋予世界救恩。救恩的优势是耶稣基督胜利的结果，基督信仰中的末世论是充满希望的末世论。但是从这种普遍的取向中，并不能得出所有的人和每个人都会得救的结论。其奥秘就是人的自由。前面我们已经讲到，不过仍然需要清楚地强调，天主愿意所有的人都得救，没有任何人被注定是要失落于邪恶。可是失落的可能性就在我们每个人面前，削弱它的重要性就是削弱我们自己的自由，削弱我们尘世生活的意义。尽管不能具体确定有任何人受此惩罚，但是也不能以任何方式肯定不会有任何人受罚。那么这意味着确实需要肯定有人失落吗？并非必须。对于基督胜利的希望不能被"预先"限制。当我们谈到希望，需要排除依靠个人力量的自负。希望的根源，相反，是天主的美善，是天主的恩宠和慈悲，天主的救恩意愿。如巴尔塔萨所说，惩罚也是出于天主的荣耀。这个观点在过去漫长的时期没有造成任何问题，的确，在惩罚本身中就可以看到天主公义的胜利。因此，永恒惩罚的奥秘在我们眼中变得更加重要，同时也最迫切地呼唤希望。[①]

中间状态的问题

"中间状态"是当今的天主教神学中讨论非常大的一个问题，

---

① 巴尔塔萨：《天主的戏剧》第五卷，第430页；《关于地狱的小讨论》，奥斯特菲尔登，1987年。[H.U.von Balthasar, *Teodrammatica* 5, p.430; *Kleiner Diskurs über die Hölle*, Schwabenverlag, Ostfildern, 1987.]

末世论学科不能不谈到它。问题的提出很清楚：我们所期待的新约中谈到的完满，联系着时间结束时耶稣基督在荣耀中的莅临，以及普遍的复活。但是，尽管如此，新约中有一些章节也提到，人在死后可能直接与耶稣基督在一起（参考路 23:42-43；菲 1:23；格后 5:1-10）。还有一些地方谈到"灵魂""精神"（默 6:9；伯前 3:19）。新约对于死后即可的状态和最终复活后的状态之间，似乎并没有提供清晰的观念，二者被并列提出。教会初期，对于这个问题也一样感到困惑。一方面肯定灵魂不死，另一方面根据某些观点，人只有在最终复活后才可能看到天主（比如尤斯丁、依来内、德尔图良），但是只有殉道圣人是特殊的。[①] 不过，在死后直接看到天主这个观点赢得越来越多人的追随。如果说在柏拉图的观点中，人死后灵魂和肉体分开，所以没有任何困难，可是亚里士多德思想中就比较难以解释，但是这种困难并没有阻碍人在死后灵魂分离和见到天主的观点。挑战是来自若望二十二世教宗在 1331 和 1334 年之间的一些讲道，他认为分离的灵魂只能看到基督的人性，需要等待最终复活后才能完满。这是他的继任本笃十二世颁发的《赞美天主》宪章的肇起。其中指出，真福之人的灵魂（依据各人的情况在炼狱清洁后）在死后就能享见天主的本质，同样，那些受惩罚的人也直接去地狱（参考 DS1000-1002）。

近期对这个问题在不同方面提出一些质疑。[②] 一方面，质疑

---

① 参考：费尔南德斯，见前面注释，其中有非常丰富的参考资料。
② 参考：桑尼曼斯，《灵魂不朽与复活》，第355-430页。[H.Sonnemans, *Seele. Unster-blichkeit-Auferstehung*, pp.355-430.]

多来自新教，外表看上去似乎是由于"不死"与"复活"之间的矛盾，其中只有后者才能够从圣经中找到依据；而前者最早出现在哲学思想中，指的是一种"自然属性"的救恩，这不像复活那样纯粹是来自天主的恩宠，所以似乎不合适。那似乎将是一个新创造。所以形成一个困难，那就是主体的身份将如何得以确保？说天主可以复活原来的那个在死亡中完全消失的人，这对于全能的天主不是太容易了吗？曾经也有一种假设，认为人死后在最终复活前有一个"睡眠"阶段。不过这种观点与前面我们看到的教会训导似乎有矛盾。另一个困难是，不能将我们现有的时间观念带入对于另一个世界的思考。同样还有托马斯的"灵魂分离"观点，严格来说，那将不是"人"，也不是"我"，尽管根据传统观点认为可以获得完美地享见天主。所以，一种关于死后立即复活的观点开始得到广泛接纳，其中包括了很多著名神学家①，尽管彼

---

① 参考：格雷沙克，《论死人复活》，埃森，1969年；阿尔法罗，"当前关于历史中未来的死人复活问题的神学讨论"，见《基督论与人论》，第555–576页；培纳，《维度之外》，第167页；拉辛格，《末世论》，第178页；波佐，《关于来世的神学》，第289页；鲁意尼，"不死与复活在教会训导和当代神学思想中"，见《神学评论》第21期，1980年，第189–206页；博尔多尼-乔拉，《耶稣是我们的希望》，第219页；格雷沙克-洛芬克，《盼望　复活　不死》第4页；巴尔塔萨，《天主的戏剧》第五卷，第307页；凯尔，《末世论》第275页；里拉诺，《基督宗教的末世论》亚西西，第212页。[G.Greshake, *Auferstehung der Toten*, Ludgerus, Essen, 1969; Alfaro, "La risurrezione dei morti nella discussion teologica attuale sull'avvenire della storia," in *Cristologia e antropologia*, pp.555–576; J.L.Ruiz de la Pena, *La otra dimension*, p.167; J.Ratzinger, *Escatologia*, p.178; C.Pozo, *Teologia dell'aldila*, p.289; C.Ruini, "Immortalita e risurrezione nel magistero e nella teologia oggi," in *Rassegna di Teologia* 21(1980), pp.189–206; Bordoni–Ciola, *Gesù nostra speranza*, p.219; G.Greshake–N.Lohfink, *Naherwartung-Auferstehung-Unsterblichkeit*, p.4; H.U.von Halthasar, *Teodrammatica* 5, p.307; M.Kehl, *Eschatologie*, p.275; J.B.Lirano, *Escatologia Cristiana*, Cittadella, Assisi, p.212.]

此有多多少少不尽相同的设想。这些人并不否认死人复活的教义，不过，面对无法想象一个尸体复活后的个人身份问题，他们想象身体的另一种概念，或者说"精神性"的，可能人的灵魂在身体上留有印记，因此人的整个生命可以产生一种我们无法描述的转化，可能当一个人死亡的时刻就从这个生命进入了那个终极生命。这导致一个问题，即这是否足够，是否适当考虑了人类的物质和宇宙条件，尽管我们当然无法描述这种转化将如何发生。另外我们还需要自问，当基督的奥体还不完整时，我们能否说某些人就会完全实现。如果对于个人实现和历史终结之间的关系必须给予重视，那么保留这个终结时刻与基督奥体完整复活、其意义的全部内涵之间的关系也是非常重要的，这表示全人类对于复活者耶稣基督的荣耀的分享。

时间与来世的关系问题，我们也在前面简单提到。因此，对于死者来说，在死亡时刻和复活时刻之间存在"巧合"的假说（区分开的末世，但不是不同的末世，从死亡的时序角度看，根据培纳的观点），只是从"现世"的角度来看，这是分离的时刻。[①] 在这种观点看来，复活是一个最终完满的事件，与基督的再次来临有关，而不是一个"延长"的事件。我们也可以自问，对于死亡的人难道可能真正完满实现吗？因为历史仍然在继续，人类的自由仍然在行使中，还有生命尚未开始，死去的人与正在这个尘世

---

① 参考书很多，其中包含：比菲，《基督宗教末世论纲要》，第97–98页；培纳，《维度之外》，第350页，其中对当代关于中间状态问题的研究有很好的概括。[G. Biffi, *Linee di escatologia Cristiana*, pp.97–98; J.L.Ruiz de la Pena, *La otra dimensión*, p.350.]

生命中旅行的人难道可以共融在荣耀中吗？甚至，与那些尚未开始生活的人们的关系如何？你完全考虑到了这个仍然需要展开的历史其完全的价值吗？提出这些疑问的目的是为了让我们看到，关于这些问题，提供一个各方面都圆满的解决方案是何等困难。事实上，传统中"灵魂分离"的模式避免了某些困难。可是分离的灵魂真的与"我"完全一致吗？这难道不是把重心放在了"分离"上，而不是放在与主耶稣基督的合一上吗（参考斐 1:23；格后 5:8），这是有福之人的条件吗？在天堂与基督合一的人，享受一种超越尘世生命的人性的完满，而不是与尘世的朝圣旅行者分离（LG49-51），尽管"仍然"（使用尘世的时间概念）在期待基督奥体的完满、宇宙的转化，以及人的身份在个人生命和社会生命全领域的完满实现。[1] 此外，我们在前面部分还看到，作为结果，而且不死的灵魂的生命在最终复活"之前"与主的合一，也应该与复活的主耶稣基督关联在一起考虑。基督信仰末世论的任何方面都不能独立于我们信仰的核心，这是唯一的基础，在此之上建立我们一切的希望。

---

[1] 我们的"我"在死后仍然存在，我们仍然是"自己"，而不仅仅是"我们的灵魂"。尽管使用这一概念是必要的，参考信理部1979年5月17日文件，似乎，尽管这份文件，毫无疑问也是沿承了传统，可是我们并没有看到一个关于灵魂分离的纯粹和简单的古典表述。在圣托马斯看来，分离的灵魂不是人，"non est ego"，参考《神学大全》第一卷29，分离的灵魂不是人。

参考书目录

我们列举一些近期普遍意义上的参考书，不只是包含天主教方面的，与我们研究的内容关系密切或者引用比较多都在其中。另一类参考书标注在每一章内容的脚注中。在最后一章的开始我们给出了一些最近几年关于末世论的参考书。这里列举的书目在内文也简单指出。

丛书：J. Feinere M. Löhrer，《前基督时期的救恩史》，"救恩奥秘系列丛书"第四卷，布雷西亚，1970 年；《天主恩宠的行为》，"救恩奥秘系列丛书"第九卷，布雷西亚，1970 年；《救恩史的完满》，"救恩奥秘系列丛书"第十一卷，布雷西亚，1970 年。（AA. VV.，*La storia della salvezza prima di Cristo*，in（ed），*Mysterium Salutis*，vol. IV，Queriniana，Brescia，1970；*Azione della grazia di Dio*，ibid.，vol. IX，*La storia della salvezza nel suo compimento*，ibid.，vol. XI.）

Alfaro J.：《基督论与人论 当代神学论题》（*Cristologia e antropologia. Temi teologici attuali*），亚西西，1973 年；

Ancelli E.：（ed），《神学人论论题》（*Temi di antropologia teologica*），罗马，1981 年；

Aure J. :《作为造物的世界》(*Il mondo come creazione*)，亚西西，1972 年；

Aure J. :《恩宠的福音》(*Il vangelo della grazia*)，亚西西，1972 年；

Barth K. :《教义》(*Kirchliche Dogmatik*，*III\1*，*III\2*)，慕尼黑，1959-1961 年；

V. Balthasar H. U. :《天主的戏剧》，第二卷：剧中的人人在天主内；第三卷：人人在基督内；第五卷：人悖论与奥秘，(*Teodrammatica. 2. Le persone del dramma. L'uomo in Dio. 3. Le persone... L'uomo in Cristo. 5. L'uomo paradosso e mistero,*) 波伦亚，1988 年；

Flick M. – Alszeghy Z. :《神学人论基础》(*Fondamenti di una antropologia teologica*)，佛罗伦萨，1970 年；

Flick M. – Alszeghy Z. :《创造者救恩史的开始》(*Il Creatore, L'inizio della salvezza*)，佛罗伦萨，1961 年；

Flick M. – Alszeghy Z. :《恩宠的福音教义学讨论》(*Il vangelo della grazia. Un trattato dogmatico*)，佛罗伦萨，1964 年；

Flick M. – Alszeghy Z. :《原罪论》(*Il peccato originale*)，布雷西亚，1972 年；

Flick M. – Alszeghy Z. :《救赎的开始》(*I primordi della salvezza*)，卡萨莱蒙费拉托，1979 年；

Ganoczy A. :《创造论》(*Dottrina della creazione*)，布雷西亚，1985 年；

Ganoczy A. :《从您的丰盈，我们获得——恩宠论纲要》（*Dalla sua pienezza noi tutti abbiamo ricevuto. Lineamenti fondamentali della dottrina della grazia*），布雷西亚，1991 年；

Gonzalez Faus J. I. :《关于人类的计划——对人的神学观点》（*Proyecto de hermano. Visión teológica del hombre*），萨尔特雷姆桑坦德，1987 年；

Gozzelino G. :《人在基督内的圣召和命运——神学人论基础》（*Vocazione e destino dell'uomo in Cristo. Antropologia teologica fondamentale*），都灵，1986 年；

Ladaria L. F. :《神学人论》（*Antropologia teologica*），罗马，1986 年；

Moltmenn J. :《创造中的天主——关于造物的生态学说》（*Dio nella creazione. Dottrina ecologica della creazione*），布雷西亚，1986 年；

Pannenberg W. :《神学视野中的人论》（*Antropologia in prospettiva teologica*），布雷西亚，1987 年；

Pesch O. H. :《在恩宠内自由——神学人论》（*Liberi per grazia. Antropologia teologica*），布雷西亚，1986 年．

Rahner K. I. :《关于信仰的基础课程——基督信仰基本概念介绍》（*Corso fondamentale sulla fede. Introduzione al concetto di cristianesimo*），罗马，1977 年；

Ruiz de la Peňa J. I. :《创造论》（*Teologia della creazione*），罗马，1988 年；

Ruiz de la Peña J. I. :《人是天主的肖像——神学人论基础》（*Imagen de Dios. Antropologia teologica fundamental*），萨尔特雷姆桑坦德，1988 年；

Sanna I. :《人是教会的基本道路——神学人论专题》（*L'uomo via fondamentale della Chiesa. Trattato di antropologia teologica*），罗马，1989 年；

Scheffczyk L. :《创造论》（*Einführung in die Schöpfung-slebre*），达姆施塔特，1975 年。

后 记

感谢各方朋友，感谢宗教文化出版社的各位编辑，感谢中国大陆的各位主教、神父，《神学人论导论》得以顺利出版发行，希望这本书对中西文化交流起到推动作用，并对天主教中国化及中国神学思想建设有所贡献。

特别感谢作者拉达利雅枢机主教赠送版权，感谢特纳琪教授赐序言。两位前辈在学问上是我的恩师，在生活上是我的挚友，在为人上是我的榜样。何其荣幸，罗马十年给予我那么多美好的友谊。

肖恩慧

2021年12月22日